vmn

Naumanns
sagenhafte Märchenbücher

Hans Christian Andersens Märchen op platt

Ut dat Dänische öberdroogen vun

UWE MICHELSEN

vmn
Verlag M. Naumann

Gesamtherstellung:
Danuvia Druckhaus Neuburg GmbH,
86633 Neuburg/Donau

ISBN 3-933575-58-3

Mit den Abbildungen der Holzschnitte
nach Originalzeichnungen.

Die Deutsche Bibliothek – CIP-Einheitsaufnahme
Ein Titeldatensatz für diese Publikation ist bei
Der Deutschen Bibliothek erhältlich.

vmn
Verlag M. Naumann
Eicher Str. 4, 61130 Nidderau
Tel. 06187 22122, Fax 06187 24902
eMail: info@mundartverlag.de
Besuchen Sie uns im Internet:
www.mundartverlag.de

Wat in düt Book steiht

De Dannenboom

Dor buten in't Holt stünn een söten lütten Dannenboom. He weer fein plazeert, kreeg Sünn af, harr noog frische Luft un ümto wussen veel gröttere Maten – staatsche Dannen un Kiefern. Awer för den lütten Dannenboom weer nix so wichdig as dat Wassen; de warme Sünn un de frische Luft weren em egaal. He keek nich nah de Buernkinner, de örnlich an't Rötern weren, wenn se to'n Eerbeer- or Himmelsbeerplücken nah buten kemen. Öftins kemen se mit'n proppenvullen Putt or harrn de Eerberen op Stroh trucken. Denn setten se sik bi den lütten Dannenboom daal un sään: »Wat nüdlich lütt he is!« Dat much nu de Boom rein gor nich hören.

Keem nu de Winter un leeg öwerall blinkern witte Snee, keem af un an een Haas ansprungen: Mit een Wuppdi neihe he öwer den lütten Boom weg. Dat maak den Boom füünsch! Man nah twee, dree Winter weer de lütt Boom all so groot, dat de Haas üm em rumlopen muss. »Oh, wassen, wassen, groot un old warden – dat is doch dat enzig Schöne op disse Welt!« sinneer de Boom.

»Frei di doch, dat du jung büst!« sään de Sünnstrahlen; »frei di öwer dien frische Gröön, dat junge Lewen, wat in di steken deit!«

Un de Wind fichel den Boom, de Dau ween' Tranen öwer em – man dat verstunn de Dannenboom nich.

Wenn dat nu Wiehnachten warden schull, worrn de gans jungen Bööm slagen. Dat weren Bööm, mennichmaal nich maal so groot or old as disse Dannenboom, de nix anners in'n Sinn harr as »bloots weg!« De doren jungen Bööm – un dat weren jüst de schönsten – kunnen all ehr Twiegen beholen; se kemen op een Wagen to liggen un Peer trucken se afsteed ruut ut dat Holt.

»Wo söllt se hen?!« fraag de Dannenboom. »Se sünd

nich grötter as ik. Een is dorbi, de is noch veel lütter; worüm warden de Twiegen nich afslaan? Wo zuckeln se hen?«

»Wi weet dat! Wi weet dat!« jiepen de Lünken. »Nerrn in de Stadt hebbt wi dörch de Ruten keken. Wi weet, wo se henföhrt. Oh, se kaamt to de gröttste Pracht un Herrlichkeit, de man sik bloots denken kann! Wi hebbt in een Finster keken un kunnen sehn, dat se in de warme Stuuv inplantet sünd un mit den smucksten Kraam – güllen Appeln, Honnigkoken, Speeltüüg un veel hunnert Lüchten op Schick bröcht warrd.«

»Un wat denn?« fraag de Dannenboom un bewer in all sien Twiegen. »Un denn? Wat is denn?«

»Jo, mehr hebbt wi nich sehn! Dat weer öwer de Maten schön!«

»Is dat wull ok mien wunnerboren Weg?« dach de Dannenboom. »Wie groot is mien Lengen! Weer dat doch bloots eers Wiehnachten. Ik bün doch nu all staatsch un lieker groot as de Bööm, de anner Johr affhaalt weren! Oh, weer ik eers op den Wagen, weer ik doch in de warme Stuuv mit all de Pracht un Herrlichkeit! Un denn? Jo, denn kümmt noch wat Beters, noch wat Schöneres; wat schullen se mi denn sünst ok för smücken? Dor mutt noch wat Grötters kamen! Man wat? Oh, wat mutt ik lieden; wo groot is mien Lengen! Ik weet sülben rein gor nich, wat los mit mi is!«

»Frei di doch!« sään de Luft un dat Sünnenlicht; »frei di, dat du jung büst un in de frie Natur stahn dörfst!«

Man he kunn sik gans un gor nich freuen; he wuss un wuss. Eenerlei, ob Sommer or Wintertied: gröön stunn he dor, in satte Gröön stunn he dor; un de Lüüd, de em to sehn kregen, sään: »Wat för'n smucken Boom!« Un as dat dütmaal Wiehnachten warden schull, wurr he vun all de Bööm toeerst slaan. De Äxt suus deep in sien Mark; de Boom full mit een Süchten daal. He fööl een gewaltige Pieren un dat worr em gans swiemelig vör de Oogen. Fleitjepiepen: dor weer nich an Glück to denken. Miteens däd em dat gans suur, vun sien Tohuus to gahn, vun den Plack, wo he opwussen weer. Nu worr em dat miteens klaar: disse goden, olen Maten – dat Buschwark, de Blomen öwerall ümto – de kreeg he nu nich mehr to sehn, jo, villicht ok nich maal de Vageln. De Tuur nah Stadt hen weer allens anner as een kommodige Reis.

De Boom weer eerst denn nich meer benusselt, as he op een Hoffplatz tohoop mit anner Bööm affladen worr un een Mann seggen höör: »Düt hier is een gans staatschen! Wi wöllt bloots düssen!«

Denn kemen twee Deenstlüüd – fein in Wix –, de drogen den Dannenboom in enen groten smucken Saal. Öwerall hungen Biller, un bi den Kachelaven stunnen grote chinesische Vasen mit Löven op de Deckeln. Dor weren Wippstöhl, Schäselongs mit sieden Dook, grote Dische vull vun Billerbökers un Speeltüüg för hunnertmaal hunnert Daler – so sään dat op jeden Fall de Kinner. De Dannenboom worr in een grotet Sandfatt opstellt; man dat Fatt kreeg nümms to sehn – dat harrn se vun buten fein mit Gröötüüch utstaffeert un op een groten bunten Teppich stellt.

Oh, wat bewer de Boom! Wat nu wull allens passeren schull? De Deenstlüüd un de groten Deerns dekorerten em. An den enen Twieg hungen se lütte, ut Buntpapier sneden Nette – un elkeen Nett weer vull vun söten Naschkraam. Güllen Appeln un Walnööt hungen daal, as weren se fastwussen; un mehr as hunnert rode, blaue un witte lütte Lüchten worrn an de Twiegen fastmaakt. Poppen – kunnst meist glöwen, de weren lebennig; sowat harr de Boom noch nie nich sehn – swevten dor as Engels, un gans baben in de Spitz tüdeln se een güllen Steern an. Dat weer prachtvull, öwer alle Maten bannig prachtvull!

»Hüüt avend«, sään se all, »hüüt avend schall he strahlen!« un se weren reinwech ut de Tüüt.

»Oh«, dach de Boom, »wenn't doch eers Avend weer! Wenn se man bloots bikaamt, de Lüchten antosteken! Un wat denn wull passeren warrd? Kaamt nu de Bööm ut dat Holt, dat se mi to sehn kriggt? Kaamt de lütten Lünken, dat se dörch de Ruten kieken köönt? Warr ik hier nu Wuddeln slaan un liekereen, wat dat Winter or Sommer is, in dissen feinen Smuck stahn?«

Jo, he wuss Bescheed; man de Wehdaag in sien Mark pieren em mächdig; un Markwehdaag, de sünd för een Boom jüst so dull as Kopppien för uns annern.

Nu würren de Lüchten anstoken. Wat förn Blinkern, wat förn Staat! De Boom bewer in all sien Twiegen so dull, dat eens vun de Lüchten dat Gröön ansengel; un dat sengel as dull.

»Gott, bewahr uns!« schreen de groten Deerns un löschen dat Füür fix ut.

Nu dröff de Boom nich maal bewern. Oh, wat gruulich! He weer gans bang, wat vun sien Staat to verleren; he weer gans benusselt vun all dat Blinkern. Miteens gung de grote Duppeldöör op, un een Flock Gören karjohl rin, as wullen se den Boom ümsmieten. De ölleren Lüüd kämen sinnig achternah. De Lütten stunnen stumm un still, man bloots 'n lütt Ogenblick; denn geef dat een Jubel un luut Juchheien. Se danzten üm den Boom rüm, un een Geschenk nah dat anner worr afplöckt un verdeelt.

»Wat se wull maken?« dach de Boom. »Wat schall nu wull passeren?« De Lüchten brennten daal bit nah de Twiegen – un opletzt worrn se utpuust. Jo, un denn kregen de Gören Verlööf, den ganssen Naschkraam to plünnern. Se gungen so dull op em to Knast, dat man all de Twiegen knacken hören kunn. Harr man nich de Spitz un den güllen Steern baben an de Deek fasttüdelt, so weer he wull ümfullen.

De Gören danzten mit ehr Speeltüüg, keeneen keek mehr nah den Boom – bloots de ool Kinnerfroo: se keem nahkieken, wat dor villicht doch noch een Fieg or 'n Appel mang de Twiegen vergeten worr.

»Een Geschicht! Een Geschicht!« repen de Gören un trucken 'n lütten dicken Mann nah den Boom hen. Un he plazeer sik direktemang ünner em, »denn sodennig sünd wi in't Gröne«, sä he, »un de Boom kann denn ok fein mit tohören. Man dat gifft bloots een Geschicht. Wöllt ji de vun Ivede-Avede or de vun Klumpe-Dumpe hören, de de Trepp daalfull un liekers de Prinzessin to Fruu kreeg?«

»Ivede-Avede«, bölkten de enen, »Klumpe-Dumpe« de annern. Dat weer di een Spektakel. Bloots de Dannenboom swieg fein still, un he dach bi sik: »Schall ik gor nich mit dorbi ween, warr ik nix to doon hebben?« He weer doch ok dorbi, he harr doch maakt, wat he schull!

Un de Mann vertell vun Klumpe-Dumpe, de de Trepp daalfullen weer un liekers de Prinzessin to Fruu kregen harr. Un de Gören klatschen as dull in de Hannen un repen: »Vertell, vertell!« Se wullen ok noch de Geschicht vun Ivede-Avede hören, man dat bleef bi de vun Klumpe-Dumpe. De Dannenboom stunn gans still un sinneer: so wat harrn de Vageln in't Holt nie nich vertellt. »Klumpe-Dumpe fallt de Trepp daal, un liekers kriggt he de Prinzessin! Jo, jo, sodennig geiht dat to in de Welt«, dach de Dannenboom, un he weer sik bannig seker, allens weer wohr; denn dat weer di doch so een netten Mann, de dat vertellt harr. »Jo, jo, keen kann dat weten! Mag ween, ok ik fall de Trepp daal un krigg een Prinzessin!« Un he freu sik all, an'n tokamen Dag wedder mit Lüchten un Speelkraam, Gold, Appeln un Fiegen op Schick bröcht to warden.

»Morrn warr ik nich bewern!« dach he. »Ik will mi so richtig öwer all den Staat freuen. Morrn warr ik wedder de Geschicht vun Klumpe Dumpe un villicht ok de vun Ivede Avede to hören kriegen.« Un de hele Nacht stunn de Boom still un sinneer.

As dat nu Morgen weer, kemen de Dener un de Fruu.

»Nu geiht dat wedder los mit den Staat«, dach de Boom. Man se kregen op em faat, buckserten em ruut ut de Stuuv, de Trepp rupp op den Böhn; un dor stellen se em in een pickenduuster Eck, wo keen Sünnenstrahl henkeem. »Wat schall dat denn bedüden«, dach de Boom. »Wat schall ik hier wull anstellen? Wat krigg ik nu wull to hören?« He lehn sik an de Muer un sinneer un sinneer. Un dor harr he veel Tied för. He stunn dor vele

Daag un vele Nächte. Keeneen keem rupp. Un as denn doch maal een op den Böhn keem, denn man bloots, üm sun paar ole Kisten in de Eck to schuwen. De Boom stunn gans verstaken. Mann schull meist menen, he weer vun alle Welt vergeten.

»Nu is dat Winter buten!« dach de Boom. »De Eerd is fast un mit Snee todeckt, de Minschen köönt mi nu nich inplanten; ik stah hier schutzig un schall wull dat Fröhjohr aftöwen. Wat hebbt se sik dat doch fein utdacht. Wat sünd de Minschen doch good! Wenn dat man bloots nich so pickenduster un gruulich eensaam weer! Nich maal een lütte Haas! Dat weer doch so nüdlich dor buten in't Holt, wenn de Snee leeg un de Haas vörbineihe – jo ok, as he mit sun'n Wuppdi öwer mi röwer sprung. Man dormaals mugg ik dat nich lieden. Hier baben is dat gruulich eensaam!«

»Piep, piep«, sä dor een lütte Muus, de anwutscht keem, un glieks achteran keem noch een lüttte. Se rüken an den Dannenboom un denn swutschen se dörch sien Twiegen.

»Wat is dat för'n gruuliche Küll«, sään de lütten Müüs, »man an un för sik is dat doch gans nett hier, meens dat nich ok, du ole Dannenboom?«

»Ik bün nich oold!« sä de Dannenboom, »vele sünd wied öller as ik!«

»Wo kümmst du her«, wullen de Müüs weten, »un wat weetst du?« Se weren bannig nüscherig. »Vertell uns vun de schönsten Städen op de Eerd! Büst du dor ween? Büst du in de Spieskamer ween, wo Kees op den Disch liggt un Schinken vun de Deek bammelt, wo de Lüüd op Talliglüchten danzt, spiddeldürr ringaaht un fett rutkümmt?«

»Dor kenn ik nix vun af«, sä de Boom, »man ik kenn dat Holt, wo de Sünn schienen deit un wo de Vagels singt!« Un denn vertell he allens vun sien Kindheit; de lütten Müüs harrn fröher sowat noch nie nich hööрt un sään: »Ne doch, wat du allens to sehn kregen hest! Wat büst du bloots glücklich ween!«

»Ik?« sä de Dannenboom un dach dor öwer nah, wat he sülben vertellt harr. »Jo, dat weern an un för sik lustige Tieden!« Man denn vertell he vun'n Wiehnachtsabend, wo he mit Koken un Lüchten op Schick bröcht worr.

»Oh«, sään de lütten Müüs, »wat glücklich du ween büst, du ole Dannenboom!«

»Ik bün gor nich oold!« säd de Boom, »jüst in dissen Winter keem ik ut dat Holt! Ik bün in de allerbesten Johren – ik bün man bloots 'n beten in de Hööchde gahn!«

»Wat fein du vertellen kanns!« sään de lütten Müüs. Un in de neegste Nacht, dor brochen se noch veer anner Müüs mit, de schullen ok den Boom vertellen hören. Un je mehr he vertell, je duller kunn he sik sülben op allens besinnen un sä to sik sülben: ›Eenerlei un liekers – dat weren doch gans vergnöögte Tieden! De kööпt gern trüchkamen, kööпt trüchkamen! Klumpe Dumpe full de Trepp daal un kreeg liekers de Prinzessin; mag ween, ok ik krigg een Prinzessin.‹ Un miteens keem de Dannenboom een lütt söte Birk in'n Sinn, de wuss buten in't Holt. Dat weer för den Dannenboom woraftig een schöne Prinzessin.

»Keen is Klumpe-Dumpe?« wullen de lütten Müüs weten. Dor vertell de Dannenboom dat hele Märken. He kunn sik op elkeen Woort besinnen. De lütten Müüs weren för Freid meist ut de Tüüt un binah an de Dannenboomspitz jumpt.

De anner Nacht keem noch 'n Barg Müüs opto un an'n Sünndag – hest nich sehn! – ok twee Rotten. Man de questen öwer de Geschicht. Dor weren de lütten Müüs bedrippst, denn ok se dachen: ›Na, so dull is de Geschicht vun Klumpe-Dumpe denn nu wull ok wedder nich!‹

»Kennt Se bloots disse eene Geschicht?« wullen de Rotten weten.

»Bloots disse eene«, geef de Boom to Antwurt; »ik heff se an'n mien glücklichsten Avend höört; man dormaals heff ik nich doran dacht, wo glücklich ik weer.«

»Dat is jo man een böös flaue Geschicht! Weten se kene vun Speck un Talliglücht? Keen Spieskamergeschicht?«

»Deit mi leed!« säd de Boom.

»Jo, denn wees bedankt!« sään de Rotten un trucken afsteed.

De lütten Müüs weren opletzt ok futsch. Dor süüfz de Boom: »Dat weer so fein, as se noch bi mi in'n Krink seten, de jackeligen lütten Müüs un tohören dään, wat ik vertell! Nu is ok düt Speel vörbi! Man ik will mi dor geern op besinnen, wenn se mi wedder ruthaalt!«

Man waneer weer dat sowiet? Jo, an een Morrn, dor kemen Lüüd un wullen op den Böhn klaar Schipp maken. De Kist keem an de Siet, de Boom wöör ruuttrucken; se smeten em temlich ruppig op de Deel un een vun de Deners kreeg em glieks nah de Trepp, woneem man den Dag lüchten seeg.

»Nu geiht dat Lewen wedder loos!« dach de Boom; he spöör de frische Luft, de eersten Sünnstrahlen – he weer buten in'n Hoff. Nu gung allens gans fix. Un de Boom keem gor nich in'n Sinn, sik sülben antokieken – so veel geef dat to ümto to sehn: De Hoff leeg Siet an Siet mit een Goorn, un dor weer allens an't Blöhen. De Rosen hungen frisch un fein rükend öwer een Stackett, de Lindenbööm blöhten, un de Swulken flegen un sään: »Kvirre-virre-vit, mien Mann is kamen!« Man dor harrn se nich den Dannenboom bi in Sinn.

»Nu schall ik lewen!« juuchheite he un breed' sien Twiegen wiet ut. Man de weren gans dröög un geel. Un so leeg he dor: mittenmank Unkruut un Netteln. De

Steern ut Goldpapier seet noch baben in de Spitz un blinker in'n hellen Sünnschien.

In'n Hoff spelten een paar vun de kregeln Gören, de to Wiehnachten üm den Boom rüm danzt harrn un dorbi so poppenlustig weren. Een vun de lüttsten leep hen un reet den gülden Steern af.

»Kiek, wat dor noch an den ekligen olen Dannenboom sitten deit!« sä dat Göör un trampel' op de Twiegen; dat knack as dull ünner de Stewelн.

De Boom keek op all de Blomenpracht un dat frische Gröön in de Goorn. He keek op sik sülben un wünsch, he weer wedder in sien düster Eck op den Böhn. Miteens keem em dat all in de Sinn: sien Kindheit buten in't Holt, de vergnöögte Wiehnachsavend un de lütten Müüs, de so quietschfideel de Geschicht vun Klumpe-Dumpe anhöört harrn.

»Vörbi, vörbi«, sä de stakkels Boom. »Harr ik mi doch freut, as ik dat noch kunn! Vörbi, vörbi!«

De Dener keem un hau den Boom in lütte Stücken; een richtigen Hupen leeg dor. Hell lücht he op ünner den Ketel. De Boom süüfz deep. Un elkeen Süüfzen weer as een Schuß. Dorüm lepen de Gören, de dor bi't Spelen weren, hen un setten sik vör dat Füür daal, keken dor rin un repen: »Piff, paff!« Man bi elkeen Knall, de een deep Süüfzen weer, dach de Boom an een Sommeravend in't Holt or an een Winternacht buten, wenn de Steerns blinken. He dach an den Wiehnachsavend un an Klumpe-Dumpe, dat eenzig Märken, wo he vun hööört harr un wat he vertellen kunn – un denn weer de Boom afbrennt.

De Jungens spelten in'n Hoff un de lüttste harr an de Bost den gülden Steern, keen de Boom an sien glücklichsten Avend dragen harr. Nu weer't vörbi, un mit den Boom weer dat vörbi, un mit de Geschicht ok; vörbi, vörbi.

Un so geiht dat mit all de Geschichten to.

De Swiensmajoor

Dor is maal een arme Prins ween. He harr bloots een gans lütt Königriek; man dat weer noch groot noog, sik to friegen, un friegen – dat wull he.

Man nu weer dat 'n beten grootsnutig vun em, dat he sik troo, de Dochter vun'n Kaiser to fragen: »Willst du mi hebben?« Man he troo sik liekers, denn sien Namen weer wiet un siet bekannt. Dor geev dat veel hunnert Prinzessinnen, de harrn geern »jo« seggt; man, wat de Kaiserdochter dat wull ok seggen schull? Nu, wi söllt hören!

Op dat Graff vun sienen Vadder wuss een Rosenbusch – een wunnerboren Rosenbusch. De blöh' man bloots all fief Johr un dreeg denn ok man bloots een enkelte Bloom. Man dat weer een Roos, de rüke so sööt, dat man all sien Noot un Sorgen vegeten kunn, wenn een mit sien Nees an snuppern dä. De Prins harr ok een Nachtegall; de kunn singen, as seten all de feinsten Melodien in ehr Kehl. Dissse Roos un de Nachtegall sull de Prinzessin hebben; dorför bleben se beid in sülwern Futteraals packt un ehr toschickt.

De Kaiser leet se vör sik her in den groten Saal dregen, wo de Prinzessin weer un »Dor kümmt Besöök« mit ehr Hoffdamen speel. As se de groten Futteraals mit de Geschenken wies worr, klatsch se vör Freid in de Hannen.

»Ach, wenn't doch 'n lütt Muschikatt weer!« sä se. Man denn keem de smucke Roos ruut.

»Wat is dat bloots nüdlich maakt!« sään de Hoffdamen.

»Se is mehr as nüdlich«, sä de Kaiser, »se is hübsch!«

Man de Prinzessin föhl se an, un dor weer se neeg an't Wenen.

»Igitt, Papa!« sä se, » se is nich künstlich, se is echt!«

»Igitt!« sään de Hoffdamen, »se is echt!«

»Laat uns eerstmal kieken, wat in dat anner Futteraal binnen is, eher wi gnatzig warden!« meen de Kaiser. Un sodennig keem de Nachtegall ruut, de sung so wunnerbor, dat man nich glieks wat Böses seggen kunn.

»Superbe! Charmant!« sään de Hoffdamen. Denn se snacken alltosamen franzeusisch, een verdreihter as de annere.

»Wat de Vagel mi doch an de Speeldoos vun de hochselige Kaiserin erinnern deit!« sä een ool Kavalier; »jo, dat is de sülwige Toon, de sülwige Aart un Wies to singen!«

»Jo!« sä de Kaiser, un denn blarr he as sun lütt Göör.

»Dat warrd doch wull keen echte een sien?!« sä de Prinzessin.

»Doch, dat is een echten Vagel!« sään de Lüüd, de em bröcht harrn.

»So laat den Vagel flegen!« sä de Prinzessin, un se wull dat nich tolaten, dat de Prins to ehr keem.

Man de leet sik nich bangmaken. He kreeg sik bruune un swatte Farw in't Gesicht smeert, truck sik een Mütz deep op sienen Kopp un klopp an de Döör.

»Dag, ok, Kaiser!« sä he. »Kunn dat wull angahn, dat ik Ju op dat Slott to Densten ween kann?«

»Jo«, sä de Kaiser, »dor gifft dat vele vun, de nah Arbeid söken. Man laat mi sehen. Ik bruuk een, de op de Swien passen kann! Denn dor heff ik 'n ganssen Barg vun!«

Un so bleef de Prins as een kaiserlig Swiensmajoor anstellt. He kreeg een snaulige düster Kamer neern bi den Swienstieg; un dor muss he bliewen. Door seet he den helen Dag un schachmarach; un as dat Avend wörr, dor harrr he een nüdlichen lütten Putt maakt. Rund üm den Putt weren Bimmelklocken, de fungen an to pingeln, wenn de Putt kaak un spelten de ole Melodie:

»Ach, du lieber Augustin,
alles ist hin, hin, hin!«

Awer dat allerdullste weer: wenn man sien Finger in den Waterdamp vun den Putt düpp, sodennig kunn man glieks rüken, wat för Spiesen op elkeen Heerd vun de Stadt tobereit' worrn. Dat weer di nu woraftig wat gans anners as de Roos!

Nu keem de Prinzessin mit all ehr Hoffdamen anspazeert. As se de Melodie hören däd, bleef se staan un freu sik, denn ok se kunn spelen »Ach, du lieber Augustin«. Dat weer twors dat eenzigste, wat se spelen kunn; man se kunn dat mit een Finger.

»Dat is jo jüst dat, wat ik kann!« sä se. »Denn mutt dat jo een Swiensmajoor mit Bildung ween! Hör to! Gah rin un fraag em, wat dat Instrument kosten deit!«

Nu muss een vun de Hoffdamen ringahn; awer eerst truck se ehr Holttüffeln an.

»Wat wisst du för den Putt hebben?« sä de Hoffdaam.

»Ik will teihn maal n' Söten vun de Prinzessin hebben« sä de Swiensmajoor.

»Gott, bewahr uns!« sä de Hoffdaam.

»Na, wat sä he?« wull de Prinzessin weten.

»Dat kann ik di wirklich nich seggen«, sä de Hoffdaam, »dat is to gruulich!«

»He is eisch«, sä de Prinzessin un truck afsteed. Man se weer noch nich lang wiedergahn, dor höör se wedder so sööt de Bimmelklocken:

»Ach, du lieber Augustin,
alles ist hin, hin, hin!«

»Hör to«, sä de Prinzessin, »fraag em, wat he mit teihn Söten vun mien Hoffdamen tofreden is!«

»Ne, velen Dank!« sä de Swiensmajoor, »teihn maal ’n Söten vun de Prinzessin or ik behool den Putt.«

»Wat is dat för’n dumme Geschicht!« sä de Prinzessin, »awer denn mööt Ji vör mi staan, dat nüms dat to sehn kriggt!«

Un so stellen sik de Hoffdamen dorför, breedten ehr Kleder ut, un de Swiensmajoor kreeg teihn maal ’n Söten un se kreeg den Putt.

Nu, wat weer di dat för’n Vergnögen! De hele Avend un de hele Dag muss de Putt kaken; dor weer keen Schosteen in de gansse Stadt, wo se nich vun weten dään, wat dor kaakt worr: liekerveel, wat dor ’n Kammerherr or een Schoster to Huus weer. De Hoffdamen danzen un klatschen in de Hannen.

»Wi weet, keen söte Supp un Pankoken eten schall! Wi weet, keen Grütt un Karbenaad hebben schall! Wat is dat doch interessant!«

»Bannig interessant!« sä de Eerste Hoffdaam.

»Jo, awer swiegt fein still, denn ik bün doch de Dochter vun'n Kaiser!«

»Gott, bewahr uns!« sään se alltohoop.

De Swiensmajoor, dat heet de Prins – man se kunnen dat jo nich beter weten, dat he gorkeen echten Swiensmajoor weer –, leet de Daag nich vörbigahn, ahn dat he wat besünners maakt harr. Un sodennig maak he een Klöter. Dreih' man dat dore Ding dörch de Luft, so klungen all de Walzer un Polkas, de man so lang, as de Welt besteiht, kennt.

»Ach, dat is superbe!« sä de Prinzessin, as se vörbigung. »Ik heff nie nich 'n schönere Musik höört! Hör to, gah rin un fraag em, wat dat Instrument kosten deit. Awer küssen will ik nich nochmaal!«

»He will hunnert Söten vun de Prinzessin hebben!« sä de Hoffdaam, de ringahn weer to fragen.

»Ik glööw, nu speelt he gans un gor verrückt!« sä de Prinzessin un truck afsteed. Man se weer bloots 'n lütt Stück gahn, dor bleef se stahn. »Man mutt de Kunst opmuntern«, sä se, »ik bün de Dochter vun'n Kaiser! Seggt em, her schall as nüülich tein maal 'n Söten vun mi hebben; de annern kann he vun mien' Hoffdamen kriegen.«

»Dat doot wi awer ungeern!« sään de Hoffdamen.

»Tüünkraam!« sä de Prinzessin, »wenn ik küssen kann, köönt Ji dat ok! Ji dörft nich vegeten, dat ik dat bün, de Ju Broot un Lohn gifft.« Dor muss de Hoffdaam wedder to em ringahn.

»Hunnert Söten vun de Prinzessin«, sä he, »or jedereen behöllt sien' Kraam.«

»Stellt Ju vör mi op!« sä se. Un denn stellen sik all Hoffdamen vör ehr – un he fung to küssen an.

»Wat mag denn dat för'n Stahoj bi'n Swienstieg ween?« fraag de Kaiser, de op sien Balkon stunn. He reep sik de Ogen un kreeg sien Brill op de Nees. »Dat sünd jo de Hoffdamen, de ehr Spillwark driewen; dorri, dor mutt ik maal gau nah er daal!« Un foorts truck he sik sien Tüffeln an.

Jungedi, wat keem he inne Fahrt!

As he in den Hoff daalkamen weer, gung he gans sacht; de Hoffdamen harrn noog dormit to doon, de Söten to tellen; denn dat schull jo ehrlich togahn, so worrn se den Kaiser gor nich wies. He stell sik op sien Teenspitzen.

»Wat is dat!« sä he, as he seeg, dat se sik küssten. Un denn hau he sien Dochter de een Tüffel an'n Kopp – jüst, as de Swiensmajoor den sössunachtigsten Söten opdrückt kreeg.

»Ruut mit Ju!« sä de Kaiser, denn he weer dull. De Prinzessin un de Swiensmajoor worrn ut dat Königriek ruutsmeten.

Dor stunn se nu un blarr, de Swiensmajoor schimp' un de Regen druus.

»Ach, ik Stackelsminsch«, sä de Prinzessin, »harr ik doch den schönen Prins nahmen! Wat heff ik doch för'n Malöör!«

De Swiensmajoor güng achter den Boom, wisch dat Swatte un Bruune ut sien Gesicht, smeet de Plünnen weg un wies sik in sien Prinskledoschen – so schön seeg he ut, dat de Prinzessin een Dener vör em maak.

»Ik bün kamen, di to seggen, dat ik di op'n Dood nich lieden kann, du!« sä he. »Du wullst kenen ehrlichen Prins hebben. Du harrst keen Sinn för de Roos un ok nich för de Nachtegall. Man den Swiensmajoor hest du för Speelkraam küsst. Dat hest du nu dorför!«

Un he gung in sien Königriek. Se kunn buten ehr Leed singen:

»Ach, du lieber Augustin,
alles ist hin …«

Dumenlise

Dor is maal een Fruu ween, de lengte bannig nah een gans lütte Kind; man se wuss nich, wo se dat hernehmen schull. Dor güng se nah een ole Hex un sä to ehr: »Ich much to un to geern een lütt Kind hebben, kannst du mi nich seggen, wo ik dik dat herkriegen kann?«

»Jo, dormit schöllt wi wull klaar kamen!« sä de Hex. »Dor hest du een Gassenkoorn; dat is nich vun den Slag, as dat op't Feld vun de Buern wassen deit or as de Höhner dat as Fudder kriggt; legg dat Koorn in een Blomenpott un du warst wat to sehn kriegen!«

»Ik dank di ok!« sä de Fruu un geef de Hex fief Grüschen, gung nah Huus, plant dat Gassenkoorn in un – duer nich lang – een wunnerbaar grote Bloom wuss dor ruut. Se seeg meist ut as een Tulipant, man de Bläder seten so fast, as weren se noch een Knupp.

»Wat is dat för'n nüdliche Bloom!« sä de Fruu un geef ehr 'n Söten op de hübschen roden un gelen Bläder. Un jüst, as se an't Küssen weer, dor geef dat 'n Knall un de Bloom däd sik op. Dat weer een echte Tulipant, as man dat nu wies worr – man mittenmank de Bloom seet een gans lütte Deern, fien un nüdlich un nich grötter as een Dumen lang; dor kreeg se den Namen ›Dumenlise‹ för.

Een nüdlich anlackeert Walnutschaal kreeg se as Weeg, blaue Violenbläder weren de Matratz un Rosenbläder ehr Bettüüch. Dor sleep se bi de Nacht; doch an'n Dag speel se op den Disch, wo de Fruu een Töller, üm den een Blomenkrans leggt wörr, henstellt harr. Jüst dor swumm een grotet Tulipanblatt, un dorop kunn se vun de een nah de anner Tellersiet seilen. Twee grote Peerhaar hulpen ehr bi't Pullen. Dat seeg to un to sööt ut. Singen kunn se ok: so fein un nüdlich, as een dat wull noch nie nich höört harr.

Een Nacht, as se in ehr smucke Puuch leeg, keem een Krööt dörch een tweie Finster wutscht. De Krööt weer eklig, groot un natt. Se hopp direktemang op den Disch, wo Dumenlise ünner een Rosenblatt sleep.

»Dat weer di een smucke Fruu för mien Söhn!« sä de Krööt. Un dor kreeg se sik de Walnutschaal, wo Dumenlise in sleep, un hopp mit ehr dörch de tweie Ruut daal nah de Goorn.

Dor weer een grote brede Beek. An sien Kant geef dat Sump un Modder. Dat weer dat Tohuus vun de Krööt un ehrn Söhn. Igitt, seeg he eklig ut- jüst so as sien Mudder. »Koax, koax, brekke – ke kex!« Dat weer allens, wat he seggen kunn, as he de söte Deern in de Walnutschaal ankeek.

»Snack nich so luut, sunst warrd se noch waken!« sä de ool Krööt. »Se warrd uns weglopen, denn se is so licht as een Swaanduun. Wi wöllt ehr in de Beek op een brete Seerosenblatt setten; dat is för ehr, de jo so licht is, jüst so as een Insel; dor kann se nich afwutschen, wenn wi de gute Stuuv neern in'n Modder op Schick bringt. Denn dor schöllt Ji beiden in wahnen!«

Dor buten bi de Beek wussen vele Seerosen mit brede gröne Bläder, de so utsehn, as swömmen se baben op dat Water. To dat gröttste Blatt, wat gans achtern leeg, swömm de ool Krööt un sett dor de Walnutschall mit Dumenlise rop.

Dat lütt Ding weer annern Morrn fröh waken worrn.

Un as se seeg, woneem se weer, dor fung se hundserbärmlich an to wehnen. Denn dor weer jo Water an alle Kanten vun dat grote, gröne Blatt. Un so kunn se nich an Land kamen.

De oold Krööt seet nerrn in den Modder un bröch ehr Stuuv mit Reet un Blomen op Schick – allens schull feinmaakt för de nüe Swiegerdochter warden. Un denn swumm se mit ehrn asigen Söhn to dat Blatt, wo Dumenlise stünn. Se wullen ehr hübsche Puuch halen. Dat schull in de Bruutstuuv opstellt warden, eher dat se sülben rinkeem. De ool Krööt maak een depen Dener vör ehr un sä: »Dat is mien Söhn; he warrd dien Mann sien – un ji beiden warrd een staatsche Tohuus nerrn in'n Modder hebben!«

»Koax, koax, brekke – ke kex!« – dat weer allens, wat de Söhn tostann bröch.

Denn kregen se faat op dat nüdliche lütte Puuch un swömmen dormit afsteed. Man Dumenlise seet gans alleen un ween op ehr gröne Blatt, denn se much nich bi de Krööt wahnen un all gornich ehrn asigen Söhn to'n Mann hebben. De lütten Fisch, de nerrn in't Water swummen, weren de Krööt wull wies worrn, un se harrn ok hööört, wat se seggt harr; un sodennig recken se ehr Köpp, denn se wullen de lütt Deern sehn. Ok se funnen Gefallen an ehr un dat duer se, dat de Deern to de asige Krööt daal schull. Ne, doch! Dat kunn nich angahn! Se kemen nerrn in't Water tohoop. Den grönen Stengel, de to dat Blatt hören däd, gnagen se mit de Teens af – un dor swömm dat Blatt all de Beek mit Dumenlise af un dorvun, wiet weg, dat de Krööt ehr nix mehr anhebben kunn.

Dor keem een grote Maisebber anflagen. As he se wies worr, slöög he sien Patschen üm ehrn slanken Lief un flöög mit ehr op enen Boom.

Wat harr de stackels Dumenlise sik verfeert, as de

Maisebber mit ehr op den Boom flöög! He sett sik mit ehr op dat gröttste gröne Blatt daal, geef ehr söten Blomenhonnig to eten un sä, wat nüdlich se utseeg, twors se gorkeen Ähnlichkeit mit een Maisebber harr. Laterhen kemen all de annern Sebbers, de in den Boom wahnten, to Besöök. Se keken sik Dumenlise an, un de Maisebberdeerns spelten sik op un sään: »Se hett doch nich meer as twee Been; dat süht pulterig ut.« – »Se hett keen Föhlers!« sä een anner. »Se is so spinndeldürr in de Mitt; igitt, se süht meist as een Minsch ut! Wat eklig se is!« sään all Maisebberfruuns – man Dumenlise weer doch in Wohrheit so nüdlich. Dat harr ok de Maisebber, de mit ehr afsteed trucken weer, meent. Man nu, as all de annern meenen, se weer eklig, glööw he dat opletzt ok un wull se nich meer hebben. Se kunn gahn, wohen se wull. Se flögen mit ehr den Boom daal un setten ehr op een Goosbloom. Dor wehn se sik ut, wiel dat se so eklig utsehn däd un de Maisebbers ehr nich hebben wullen. Dorbi weer se doch dat Söteste, wat een sik denken kunn – so fien un klaar as dat schönste Rosenblatt.

Den ganssen Summer leew de stackels Dumenlise gans alleen in dat grote Holt. Man denn bleef dat Winter – een kole, lange Winter. Dat fung an to snien. Un elkeen Sneeflock, de op ehr daalfull, weer för se, as wenn wi een Schüffel vull in de Nack kriggt. Denn wi sünd groot, un se weer jo man bloots een halv Finger lang. Dor wickel se sik in een mörr Blatt in. Man dat wull se nich warm maken; se bever för Küll.

Neeg bi dat Holt, wo se nu henkamen weer, leeg een groot Koornfeld. Dat Koorn weer all lang meiht, bloots de nakelt drögen Stoppeln keken ut de frostige Eerd ruut. Dat weer för se jüst so, as muss se dörch een hele Holt lopen – un se bever för Küll!

Kiek – un denn keem se vör de Döör vun een Muus, de een lütt Lock ünner de Stoppeln harr. Dor weer de

Muus tohuus, harr dat warm un dröög, harr de gansse Stuuv vull vun Koorn – dat weer di een staatsche Köök un Spieskamer!

»Du arme Stackel!« sä de Muus. Se weer een gode Muus, »kumm rin in mien warme Stuuv un itt mit mi!«

Wieldat se nu Dumenlise lieden much, sä se: »Du kannst öwer Winter bi mi blieben, man du muttst de Stuuv rein holen un mi Geschichten vertellen – denn Geschichten, de hóör ik to un to geern.« Dumenlise maak, wat de Muus ehr afverlangen däd un harr dat disse lange Wintertied bannig goot.

»Nu warden wi Besöök hebben!« sä de Muus. »Mien Nawer besöcht mi eenmaal de Wuch. He steiht sik noch beter as ik, hett heel grote Salen un dräägt een staatschen swatten Sammitpelz. Kreegst du em as Mann, so harrst du een gode Partie maakt. Man – he kann nich kieken. Du muttst em de nüdlichsten Geschichten, de du kennst, vertellen!«

Awer dat kümmer Dumenlise nich; se much den Nawer gor nich hebben, denn he weer een Muulwapp.

So keem he denn in sien swatten Sammitpelz to Besöök. »He is riek un hett Bildung« sä de Muus. Sien Wahnung weer wull ok twintig maal grötter as de vun de Muus. Bildung – jo, dat harr he. Man de Sünn un de Blomen, de much he gor nich lieden. Op de weer he slecht to snacken, denn he harr se noch nie nich to sehn kregen.

Dumenlise schull nu singen. Un so sung se »Maisebber, fleeg!« un »De Mönk geiht op de Wisch«.

Dor vernarr de Muulwapp sik in ehr – se harr doch sun schöne Stimm – man seggen däd he nix, he weer jo 'n kloken Mann.

– * –

Dat weer noch nich lang her, dor harr he sik een langen Gang dörch de Eerd vun sien bit nah ehr Huus schüffelt. Dor kunnen de Muus un Dumenlise so veel spazeren, as se man wullen. Man – so sä de Muulwapp – se schullen sik nich vör den doden Vagel verferen, de in dissen Gang leeg. Dat weer een gans un gor hele Swulk mit Feddern un Snabel. Se weer wull noch nich lang doot un nu to Eerd bröcht worrn jüst dor, wo he den Gang schüffelt harr. As Dumenliese ehr seeg, duer se ehr. Man de Muulwapp pedd' mit sien kotte Been nah ehr un sä: »Nu piept se nich meer! Wat mutt dat man för'n Povertee ween, as son lütten' Vagel op de Welt to kamen! Ik dank den Herrgott, dat nüms vun mien' Kinner een warrd. Sun Vagel kann nix anners as ›Kvivit‹ maken, un wenn't Winter warrd, mutt he verhungern!«

»Jo, so mööt Se as vernünftigen Mann wull snacken«, sä de Muus. »Wat hett de Vagel vun all sien Kvivit, wenn de Winter kümmt? He mutt hungern un freren; man dat schall jo wull afsünnerlich vörnehm ween!«

Dumenliese swieg still. Se sä gornix. Awer as de annern beiden den Vagel ehrn Rügg todreiht harrn, böög se sik daal, schuuw de Feddern, de öwer sien Kopp legen, to Sied un geef em een Söten op de slaten Ogen. Denn leeg se ehrn Kopp op de Bost vun den Vagel, verfeer sik awer. Pucker dor nich wat? Jo – dat weer dat Hart vun den Vagel. De Vagel weer nich doot. He leeg bloots as benusselt dor, kreeg awers nu wedder Warmte un Leven.

»Ik dank di ok, du söte Kind!« sä de klöterig Swulk to ehr. »Nu is mi warm worrn; duert nich lang – un ik bün wedder krall un kann buten in'n Sünnschien flegen!«

»Ne, dat geiht nich«, sä Dumenlise, »buten is dat koolt, dor sneet un freert dat Steen un Been. Blief man in dien warme Puuch; ik warr di plegen!« Un so däd se dat denn ok – Dag för Dag. Wuch um Wuch.

As nu dat Fröhjohr keem un de Sünn de Eerd warm maak, kreeg Dumenlise dat Lock, wat de Muulwapp schüffelt harr, apen. Un denn sä de Swulk tschüß to ehr. De Sünn blinker so fein daal, dat de Swulk fraag, wat Dumenlise nich mitkamen wull – se kunn sik doch man op ehrn Rügg setten un wiet in dat grote Holt flegen. Man Dumenlise wuss, wat de Muus dor bestimmt nich glücklich öwer ween kunn, wenn se afsteed gung.

»Ne, ik kann nich!« sä Dumenlise.

»Na denn man tschüß, leew wohl, du gode, söte Deern!« sä de Swulk un flöög ruut in den Sünnschien. Dumenlise keek ehr 'n lange Tied nah, un dat Water steeg ehr in de Ogen, denn se harr de stackels Swulk leew.

»Kvivit! Kvivit!« sung de Vagel un flöög in dat gröne Holt.

Dumenlise weer bedrippst. Se durf nich in de warme Sünn ruut. Dat Koorn, wat baben öwer dat Muuslock utsait weer, wuss bannig in de Höögde. För de stackels lütt Deern weer dat so gewaltig as een Holt.

»Nu schallst du in'n Sommer dien Utstüer neihen!« sä de Muus to ehr. Denn de Nawer, de tossige Muulwapp in sien swatten Sammitpelz, wull ehr friegen. »Du muttst Wull- un Lienensaken hebben, denn dat dörf an nix fehlen, wenn du eerst een Muulwappfruu büst!«

Dumenlise harr mit ehr Hannen een Spinnel to dreihen. De Muus stell veer Rupen an, de bi Dag un bi Nacht för se wewten. Jeden Awend kregen se Besöök vun den Muulwapp; un he weer jümmer dorbi to vertellen, dat, wenn nu de veel to helle un warme Summer vörbi weer, denn schull de Hochtied ween. Man Dumenlise kunn sik dor gornich öwer freuen. Denn se much den tossigen Muulwapp öwerhaupt nich lieden. Elkeen Morrn, wenn de Sünn opgung, un elkeen Awend, wenn se ünnergung, sleek se sik ut de Döör. Un wenn se denn dör dat hoge Koorn nah den blauen Himmel kieken kunn, dach se doran, wat hell un schön dat buten weer un wünsch sik nix anners so dull, as de lewe Swulk wedder to sehn. Man de keem nich mehr torügg; se flöög wull all lang öwer dat schöne gröne Holt.

As nu de Harwst keem, harr Dumenlise ehr gansse Utstüer op de Reeg.

»In veer Wuchen schallst du Hochtied maken!« sä de Muus. Man Dumenlise ween un sä, se wull doch dissen tossigen Muulwapp gorne hebben.

»Snicksnack!« sä de Muus. »Warrd nich opstinaatsch, denn sunst warr ik di mit mien witten Teen bieten! Dat is di doch een staatschen Mann, de du hebben schallst – dat dörfst du nich vergeten. Nich maal de Königin hett so een swatten Sammitpelz. He hett Köök un Keller vull. Dank den Herrgott för em!«

Nu schull de Hochtied ween. De Muulwapp weer jüst kamen, Dumenlise aftohalen. Se schull bi em wahnen, deep daal in de Eerd, nie nich an de warme Sünn ruutkamen – denn de much un much he nich lieden. Dat stackels Kind weer gans un gor in de Kniep: se schull nu de lewe Sünn, de se doch bi de Döör vun de Muus noch sehn kunn, för jümmer un ewig atschüß seggen.

»Kvivit! Kvivit!« höör se dat miteens. Se keek na baben: dat weer de lütte Swulk, de jüst vörbikeem. As se Dumenlise seeg, weer se meist ut de Tüüt. Se vertell den Vagel, dat se gans un gor nich den ekligen Muuslwapp as Mann hebben wull un dat se vun nu af an in de depe pickendüster Eer wahnen schull, wo nie nich de Sünn schien. Se kunn nich anners – se muss dorbi wenen.

»Nu kümmt doch de kole Winter!« sä de lütte Swulk. »Ik fleeg wiet weg nah de warmen Länner, willst du nich mit mi kamen? Du kannst op mien Rügg sitten! Tüder di man bloots mit dien Liefreem fast, un denn flegen wi vun den ekligen Muulwapp un sien pickendüster Stuuv weg: wiet öwer de Bargen, nah de warmen Länner, wo de Sünn schöner schient as hier; denn dor is jümmer Summer un dor blöhen de smucksten Blomen. Do mi man de Gefallen un fleeg mit mi, du lewe lütte Dumenlise, de du mien Lewen rettet hest, as ik as doot in dat düster Kellerlock leeg!«

»Jo, ik will mit di kamen!« sä Dumenlise un settt sik op den Rügg vun den Vagel daal, de Fööt op sien utbreedt Flünken. Se tüder ehrn Liefreem an een vun de stevigsten Feddern – un denn flöög de Swulk hoog in de Luft ruut, öwer Holt un öwer Seen, hoog öwer grote Bargen, wo jümmer Snee liggen deit. Dumenlise froor in de kölige Luft, man denn kruup se ünner de warmen Vagelfeddern un leet bloots den lütten Kopp ruutkieken, sik all de Schönheiten nerrn antokieken.

Dor kemen se denn nah de warmen Lannen. As se bi een witte Marmorslott ankamen weren, sä de Swulk: »Hier is mien Huus! Söch di een vun de schönsten Blomen, de in dissen Gorrn wassen, ut. Denn will ik di dor rinsetten – un du schallst dat so fein un schöön hebben, as du di dat wünschen deist!«

»Dat is to un to schöön!« sä Dumenlise un klatsch in de lütten Hannen. Dat weer di een Höög!

Dor leeg een grote witte Marmorpieler. De weer ümkippt un in dree Stücken sprungen. Man dor mank wussen de schönsten witten Blomen. De Swulk flöög mit Dumenlise dorhen daal un sett ehr op een vun de breten Bläder af. Awer wat weer dat!! Dor seet een lütt Mann mittenmank in de Bloom, so witt un dörchsichtig, as wenn he ut Glas weer. De smuckste gülden Kroon dreeg he op sien Kopp un de fiensten Flünken an de Schullern – he sülben weer nich grötter as Dumenlise. He weer een Blomenengel. In elkeen Bloom weer sun lütte Mann or sun lütte Fruu tohuus. Man he weer de König – öwer all tohoop.

»Mien Gott, wat is he smuck!« swissel Dumenlise to de Swulk. De lütte Prins verfeer sik bannig öwer de Swulk. Denn se weer gegen em, de so lütt un fien weer, een Reesvagel. Man as he Dumenlise gewohr weer, kunn he sik vör Freud meist gor nich inkriegen. Se weer de smuckste Deern, de he jemaals sehn harr. Dor kreeg he sik sein güllen Kroon vun'n Kopp un sett se ehr op, fraag nah ehrn Naam un wat se sein Fruu warden wull. Wenn jo, denn schull se Königin öer all de Blomen warden! Dat weer di doch woraftig een annern Mann as de Söhn vun de Kröôt un de Muulwapp mit sein swatte Sammitpelz. Klaar: sodennig sä se 'jo' to den smucken Prins. Un vun jede Bloom keem een Fruu or een Mann – so püük, dat man sien Freud dor an harr. Elkeen vun ehr bröch Dumenlise een Geschenk. Man dat dullste dorvun weer een Paar smucke Flünken, de maal een groten witten Brummer tohören dään. De kreeg Dumenlise an ehren Rügg fasttüdert – nu kunn ok se vun Bloom to Bloom flegen. Dat weer di een Höög! Un de Swulk seet baben in ehr Nest un sung ehr vör so goot, as se dat man kunn. Man deep in ehr Hart weer ehr doch bang. Denn se harr Dumenlise leew un wull nie nich mit ehr uteneen.

»Du schallst nich Dumenlise heten!« sä de Blomenengel to ehr. »Dat is een asigen Namen, un du büst smuck. Wi wöllt di vun nu af an Maja nömen.«

»Atschüß, atschüß!« sä de lütte Swulk un flöög wedder vun de warmen Länner wiet weg – retuur nah Dänemark. Dor harr se een lütt Nest öwer dat Finster, wo de Mann tohuus is, de Märken vetellen kann. Bi em hett se sungen »Kvivit! Kvivit!« Un dor weten wi de hele Geschicht vun af.

De Prinzessin op de Arft

Dor is maal een Prins ween, de wull een Prinzessin to Fruu nehmen; man dat schull een richtige Prinzessin ween. So reis he dörch de hele Welt, son een to finnen. Man öwerall keem em wat in de Mööt. Prinzessinnen geef dat noog vun, man wat dat richtige Prinzessinnen weren, dor keem man nich so licht achter. Jümmers weer dor wat nich gans in de Reeg. So keem he wedder nah Huus un weer gans bedrippst; denn he wull doch to un to geern een echte Prinzessin hebben.
An een Avend truck een gräsig Wetter up. Dat blitz un dunner, Regen druus as dull – dat weer son richtige Schietwetter! Dor klopp dat an de Stadtpoort un de ool König güng hen, optomaken.

Dor weer dat een Prinzessin, de buten stünn. Gott, ne, wat seeg se vun den Regen un dat Schietwetter ut! Dat Water leep ehr de Haar un de Kledoschen daal; un dat leep vürn in de Schoh rin un achtern bi de Hacken wedder ruut; un se sä, se weer een echte Prinzessin.

»Jo, dat warden wi schon sehn!« dach de ool Königin. Se gung in de Slaapstuuv, truck de Betten af un legg een Arft nerrn op de Bettsteed. Denn kreeg se sik twintig Matratzen, legg se op de Arft un denn noch twintig Dunendecken baben op de Matratzen.

Dor schull de Prinzessin nu de hele Nacht op liggen.

An'n Morrn frögen se de Prinzessin, wodennig se slapen harr.

»Oh, gans gräsig slecht!« sä de Prinzessin, »ik heff de hele Nacht keen Oog tokregen! Gott weet, wat dor in mien Bett ween is! Nich een Minuut heff ik slapen kunnt. Dor is wat gans Hattes ween, wo ik op legen heff: ik bün gans bruun un blau öwer mien helen Lief. Dat is gans schrecklich!«

Sodennig kunnen se sehn: dat weer een richtige Prinzessin. Denn se harr dörch twintig Matratzen un twintig Dunenbetten de Arft markt. So soort un fien kunn man keen een as een echte Prinzessin ween.

Dor neem de Prins ehr to Fruu, denn nu weer't jo kloor, dat he 'n richtige Prinzessin harr. Un de Arft keem in de Kunstkammer, woneem du se noch hüüt ankieken kannst, wenn se dor nich een wegnamen hett.

Kiek, dat weer een richtige Geschicht!

De stewige Tinnsuldaat

Tiefuntwintig Tinnsuldaten sünd dor maal ween – de weren all Bröder, denn se weren ut een un densülwigen Tinnlöpel maakt worrn. Dat Scheetgewehr hollen se in'n Arm, dat Gesicht liekut; rot un blau – gans wunnerbaar weer de Uniform antokieken. Dat allererste, wat se op de Welt to hören kregen, as de Deckel vun de Speeltüügschachtel opmaakt wöör, weer dat Woort ›Tinnsuldaten‹. Dat reep een lütte Jung un klapp dorbi in siene Hannen; he harr se to'n Geburtsdag schenkt kregen un stell se nu op den Disch op. Een Suldaat weer nipp un nau liek as de anner. Bloots de een weer verscheden; he harr man een Been afkregen, denn em harrn se ganz tolest gaten – dor weer nich meer noog Tinn för em öwer bleben. Liekers stünn he jüst so fast op sien eene Been as de annern op ehr twee. Un dat weer jüst he, de wat Besünners anstellen schull.

Op den Disch, wo se opstellt weren, stunn noch veel anner Speeltüüg. Man wat besünners in't Oog full, dat weer een nüdlich Slott ut Poppier. Dörch de smallen Finster kunnst du direktemang in de Saals kieken. Butenvör stünnen lütte Bööm in een Krink üm een klenen Spegel, de as een lütte See utsehn schull. Swaans ut Wass swömmen dorup un spegelten sik. Dat weer alltohoop nüdlich. Man dat allernüdlichste bleef doch een lütte Jungfruu, de mittenmank in dat open Slottpoort stünn. Se weer ok ut Poppier sneden, man se harr een hübsche Kleed un een lütt, small, blau Band üm ehr Schullern liggen – jüst as bi vörnehme Lüüd. In de Mitt vun dat Band weer een blinkern Paillett – so groot as ehr Gesicht.

De lütte Jungfruu streck ehr beiden Arms wiet ut, denn se weer een Dänzersch; un denn hiev se dat ene Been so wiet na boven, dat de Tinnsuldaat dat gor nich finnen kunn. He weer de Meen', dat se jüst as he man bloots een Been harr.

»Dat weer een Fruu för mi«, dach he, »man se is wull doch 'n beten to vörnehm. Se wahnt op een Slott. Ik heff man bloots een Schachtel, un dor sünd wi mit fiefuntwintig Mann binnen. Dat is woraftig keen Steed för uns twee. Liekers will ik sehn, woneem ik mit ehr bekannt warden kann.« Un denn legg he sik so lang as he weer achter een Snupptobakdoos, de op den Disch stünn. Dor kunn he de lütte fiene Daam bekieken, de jümmer noch bi weer, ehr Been in de Luft to hieven – un nich dorbi ümfull.

As dat nu Avend weer, kemen all Tinnsuldaten in ehr Schachtel, un de Lüüd in't Huus gungen to Puuch. Nu fung dat Speeltüüg an to spelen: Besöök, Krieg un Ball. De Tinnsuldaten rötern as dull in ehr Schachtel; denn se wullen mitspelen. Man se kregen den Deckel nich op. De Nöötknacker scheet kopeister, de Griffel maak Spijökenkraam op de Tafel. Dat weer di een Spektakel, dat de Kanarivagel dorvun waken bleef un anfung mittosnacken – un twors in Riemels! De beiden enkelten, de sik nich vun de Steed röhren dään, weren de Tinnsoldaat un de Dänzersch; se hool sik graad op ehr Teenspitz un beide Arms utstreckt; he stunn jüst so stewig op sien ene Been. Sien Ogen leet he kenen Ogenblick vun ehr af.

Nu slöög de Klock twölf. Un klatsch! – dor sprung de Deckel vun de Snupptobakdoos op, man dor weer keen Tobak binnen – ne, dor keem een lütte swatte Troll ruut.

»Tinnsuldaat«, sä de Troll, »laat dien Ogen bi di sülben!«

Man de Tinnsuldaat dääd, as harr he nix hööört.

»Jo, tööw du man bit morrn!« sä de Troll.

As dat nu Morrn weer un de Gören opstunnen weren, stell man den Tinnsuldaat in't Finster. Un – weer dat nu de Troll oder een Zugwind? – mit eens slah dat Finster op, un de Suldaat full dree Etoschen deep. Dat weer een gruuliche Fahrt; he streck sien Been in de Höögde un bleef mit de Bajonettspitz twischen de Plastersteens steken.

De Deenstdeern un de lütte Jung kemen furts nah nerrn, em to söken. Man wenn se ok gans neeg bi em weren – binah harrn se op em pedd –, so kunnen se em likers nich finnen. Harr de Tinnsuldaat ropen »Ik bün hier!«, so harrn se em wull funnen. Man he meen, dat däd sik nich schicken, luuthals to grölen – denn he weer jo in Uniform!

Nu fung dat ok noch to pladdern an. De Drüppen fullen as dull. Dat geet as ut Ammern. As de Regen vörbi weer, kemen twee Jungs vörbi.

»Kiek an!« sä de een, »dor liggt een Tinnsuldaat! De schall ruut un seilen!«

Se makten een Boot ut Zeitungspoppier, setten den Suldaat dor rin; un nu seil he den Rönnsteen daal. De beiden Jungs lepen blangen em un klappen in de Hannen. Bewohr uns! Wat för Bölgen swappten dor dörch den Rönnsteen! Un wat för een Stroom weer dat! Jo, de Regen harr gewaltig druust! Dat Poppierboot wipp op un daal; af un an dreih sik dat so dull, dat de Tinnsoldaat bever. Man he bleef stewig, vertruck nich sien Snuut, keek liekut un hool sein Scheetgewehr in'n Arm.

Miteens dreef dat Boot ünner een lange Rönnsteenbrüch. Dor weer dat jüst so pickendüster as in sien Schachtel.

»Wo mach ik nu wull henkamen?!« dach he. »Jo, jo, dor is de Troll an schuld! Ach, wenn doch de lütt Jungfruu mit bi mi in't Boot sitten däd, denn kunn dat geern nochmaal so düster ween!«

Dor keem miteens een Waterrott, de ünner de Rönnsteenbrüch to Huus weer.

»Hest du een Pass?« fraag de Rott. »Her mit dienen Pass!«

Man de Tinnsuldaat swieg still un hool dat Scheetgewehr noch faster.

Dat Boot föhr afsteed, un de Rott achterran. Hu, wat fletsch se de Tääns un reep luuthals: »Stoppt em! Stoppt em! He hett keen Toll betaalt; he hett sien Pass nich wiest!«

Man de Stroom worr duller un duller! De Tinnsuldaat kreeg jüst dor, wo de Brüch ophöör, dat Sünnenlicht to sehn. Man denn höör he een Brusen, wo ok een kurascherten Keerl angst un bang vun warrn kunn.

Denk di, de Rönnsteen stöör dor, wo de Brüch toenns weer, direktemang in een groten Kanaal! Dat wöör för den stackels Tinnsuldaat jüst so'n Gefohr as för uns, wenn wi een Waterfall daalsuust!

Nu weer he all so neeg dorbi, dat he nich mehr stoppen kunn. Dat Boot suus af; de Tinnsuldaat hool sik so stief, as he mann kunn – keeneen schull em nahseggen, dat he mit de Ogen plier. Dat Boot schnurr dree-, veermaal rüm un leep vull vun Water. Dat hulp allens nix: Dat Boot muss afsupen. De Tinnsuldaat stünn bit to'n Hals in't Water. Deper un deper sunk dat Boot, duller un duller löös dat Poppier sik op. Dor swapp dat Water öwer den Suldaat sien Kopp. Un miteens keem em de lütte nüdliche Dänzersch in'n Sinn, de he sien Leewdag nu nich meer to sehn kriegen schull. Un dor klung vör sien Ohren dat Leed:

»Fohr, Suldaat, fohr, Suldaat!
Du muttst den Dood dörmaken!«

Denn gung dat Poppier twei. De Tinnsuldaat full dor dörch – un worr ratzfatz vun een groten Fisch daalsluckt.

Ne doch, wat weer di dat pickendüster dor binnen! Slimmer as ünner de Rönnsteenbrüch! Un denn weer dat ok noch so eng! Man de Tinnsuldaat bleef stewig un leeg dor, so lang as he weer, mit sien Scheetgewehr in'n Arm. –

De Fisch swömm op un daal. Jümmer op un daal. Gans gruulich weer dat. Man denn wöör dat miteens musenstill. As vun een Blitz gung em dat döör un döör. Dat Licht kunn he miteens hell un klaar sehn; un dor weer een, de reep: »De Tinnsuldaat!« De Fisch weer angelt worrn, op den Markt bröcht, verköfft un in de Köök kamen, woneem em de Kööksch em nu mit dat Mess opsneed. Se kreeg em mit twee Fingers faat un dröög em in de Stuuv, wo all den affsünnerlichen Keerl, de in een Fischmaag rümreist weer, sehn wullen; man de Tinnsuldaat harr sik gor nich wichtig. Se stellen em op den Disch, un dor – wat gediegen geiht dat to in disse Welt –: De sülwigen Gören, dat sülwige Speeltüüg stünn op den Disch, dat staatsche Slott mit de nüüdlich lütte Dänzersch. Se hool sik jümmer noch op dat eene Been un harr dat anner hooch in de Luft. Ok se weer stewig! Dat güng em an de Nieren. Dor harr nich veel fehlt, un he harr Tinndranen weent. Man dat schickt sik nich. He keek se an – man seggen dään de twee beiden keen Woort.

Dor kreeg een vun de Jungs den Suldaat faat un smeet em in den Kachelovend, twors he gor keen Grund dorför harr. Dat weer bestimmt de Troll in de Doos, de dor schuld an weer.

De Tinnsuldaat stünn dor in de gresige Hitten. Man he kunn nich seggen, wat de vun dat richdige Füür or sien Leewde keem. He wuss dat nich. De Farw weer gans vun em affgahn – weer dat op de Reis passeert, or is dat sien Last op de Seel ween, dat kunn nümms seggen.

He keek de lütte Jungfruu an, se keek to em; un he fööl, dat he smolt – man noch stünn he stewig mit dat Scheetgewehr in sien Arm. Dor güng de Döör op. De Wind kreeg faat op de Dänzersch, un se fleeg in den Kachelovend to den Tinnsuldaat. Vun de Flammen weer se een, twee, dree affbrennt. Dor smolt ok de Tinnsuldaat to een Klump.

Un as de Deenstdeern den annern Morrn de Asch ruutnehmen wull, hett se em as een lütt Tinnhart funnen. Vun de Dänzersch weer man bloots de Paillett öwer bleben – man de weer küllswatt brennt.

Dat Füürtüüg

Een Suldaat keem de Landstraat anmarscheert: een-twee, een-twee! He harr sien Tornister op de Nack un een Säbel an de Siet. Denn he is in'n Krieg ween. Un nu wull he nah Huus.

Dor keem em op de Landstraat een oole Hex in de Mööt. Se weer eklig antosehn, ehr Fliep hung bit to de Bost daal. Se sä: »Goden Avend, Suldaat! Wat hest du doch för'n feinen Säbel un för'n groten Tornister! Du bist een wahre Suldaat! Nu schallst du so veel Geld hebben, as du wullt.«

»Ik dank di, du oole Hex!« sä de Suldaat.

»Kannst du den groten Boom dor sehn?« sä de Hex un wies op een Eekboom, de blangen ehr stünn. »Von binnen is he holl un boll, dor schallst du nah baven roppklattern. Denn warst du een Lock wies, wo du di gans nah nerrn daalseilen kannst. Ik warr di een Tau üm dien Liev tütern, womit ik di wedder rupptrecken kann, wenn du mi röppst!«

»Wat schall ik denn dor nerrn?!« fraag de Suldaat.

»Geld halen!« sä de Hex. »Kiek, wenn du gans ünnen ankamen büst, kümmst du in een grote Deel; dor is dat gans hell un fründli, denn dor brennt mehr as hunnert Latüchten. Denn warst du dree Dören wies. Du kannst se opmaken, denn de Slötel stickt binnen. Geihst du in de eerste Kamer rin, so warst du in de Mitt vun den Footbodden een grote Kist sehn. Op ehr sitt een Hund

– mit Ogen so groot as Teetassen; doch du bruukst nich bang vör em ween. Ik geev di mien blaue Schört, de kannst du op den Footbodden utbreden. Gah denn fix hen, krigg di de Hund her un sett em op mien Schört, maak de Kist op un nimm di so veel Geld, as du wullt; dat is ut Kopper.

Man wenn du lewer Sülver wullt, so muttst du in de tweete Kamer gahn. Dor sitt een Hund, de hett Oogen so groot as Möhlrööd. Doch dor schallst du di gor nich um kümmern. Sett em op mien Schört un krigg di örnlich wat vun dat Geld!

Wenn du nu noch lewer Gold harrst, so schullst du ok dat hebben – un twors so veel, as du dregen wullt, wenn du in de drüdde Kamer ringeihst. Man de Hund, de op de Goldkist sitten deit, hett twee Oogen, elkeen so groot as een Toorn. Glööw mi man, dat is een örnlichen Hund; man laat di nich verbiestern. Sett em op mien Schört, so deit he di nix, un krigg di ut de Kist so veel Gold, as du wullt!«

»Dat höört sik nich slecht an!« sä de Suldaat. »Man wat schall ik di geven, du oole Hex, denn du willst doch wiss ok wat afhebben?«

»Ne«, sä de Hex, »keen Grüschen will ik hebben! För mi schallst du bloots een oole Füürtüüg mit nah baven halen. Dat hett mien Grootmodder vergeten, as se annerletzt dor ünnen weer.«

»Na, denn tüter mi man dat Tau üm den Liev!« sä de Suldaat.

»Dor is dat all«, sä de Hex, »un dor is mien blaue Schört!«

Denn kladder de Suldaat den Boom ropp, leet sik in dat Lock afseilen un stünn nu – jüst so, as de Hex em dat seggt harr – nerrn in de grote Deel, wo de velen hunnert Latüchten brennen.

Denn maak he de erste Dööр op. Uh, dor seet di doch

een Hund mit Oogen so groot as Teetassen un gluubsch em an.

»Du büst een feinen Keerl!« sä de Suldaat, sett em op de Schört vun de Hex un kreeg sik so veel Koppergeld, as sien Büdel faten kunn, maak de Kist to, sett den Hund wedder rupp un güng in de tweete Stuuv. Woraftig! Dor seet een Hund mit Oogen so groot as Möhlrööd.

»Du schallst mi lewer nich so anglubschen!« sä de Suldaat, »du kunnst sunst noch Oogenpien kriegen!« Un denn sett he den Hund op de Schört vun de Hex. Man as he dat vele Sülwergeld in de Kist seeg, smeet he all dat Koppergleld weg un kreeg sien Büdel un sien Tornister bloots mit Sülver vull. Nu gung he in de drüdde Kamer. Dat seeg eklig ut. De Hund harr woraftig twee Oogen so groot as een Toorn, un de dreihten sik in sien Kopp jüst so as Flögel vun een Windmöhl.

»Goden Avend!« sä de Suldaat un legg vör Respekt sien Hand an de Mütz; denn sunn een Hund harr he noch nie nich sehn. Man as he em 'n beten genauer ankeken harr, dach he: »Nu is noog!«, kreeg em op den Footbodden daal un maak de Kist op. Jungedi, wat weer dor för'n Masse Gold! Dor kunn he dat hele Kopenhagen, all Zuckerswiens, Tinnsuldaten, Pietschen un Schaukelpeerd vun de Welt för köpen! Jo, dat weer richdig veel Geld! Nu smeet de Suldaat all dat Sülwergeld, wo he sien Büdel un Tornister mit füllt harr, weg un neem dor Gold för. Jo, all sien Bücksentaschen, Büdels, de Tornister, de Mütz un de Steweln weren so vull, dat em dat Gahn suur worr. Man nu harr he Geld! Den Hund sett he op de Kist, slöög de Döör to un reep dörch den Boom ropp:

»Treck mi nu in de Höögde, du oole Hex!«

»Hest du ok dat Füürtüüg?« fraag de Hex.

»Woraftig«, sä de Suldaat, »dat heff ik meist vergeten!« Un he gung, dat to halen. De Hex truck em ropp, un so stünn he wedder op de Landstraat: de Taschen, Steweln, Tornister un de Mütz vull vun Geld!

»Wat willst du nu mit dat Füürtüüg anstellen?« fraag de Suldaat.

»Dat geiht di gor nix an!« sä de oole Hex. »Du hest nu jo Geld kregen. Giff mi dat Füürtüüg!«

»Ik schiet di wat!« sä de Suldaat. »Wenn du nich glieks seggst, wat du dormit wullt, denn treck ik mien Säbel ruut un slaa di direktemang den Kopp af!«

»Ne!« sä de Hex.

Dor slaa de Suldaat ehr den Kopp af. So leeg se dood dor. Man he wickel all sien Geld in ehr Schört, jump dat as een Sack op sien Nack, steek dat Füürtüüg in sien Bücksentasch un maak sik op den Weg nah Stadt hen.

Dat weer een hübsche Stadt, un he loscheer in de schöönsten Gasthüüs un fraag nah de allerfeinsten Zimmer un dat allerbest Eten. Denn nu weer he jo riek, wieldat he noog Geld harr.

Den Deestjungen, de em de Steweln putzen dä, keem dat wat gediegen vör, dat een rieke Mann so ringe oole Schooh harr. De Suldaat harr sik jo noch keen nüen köfft. Man den annern Dag kööp he sik örnliche Steweln un hübsche Kledaaschen. Nu weer ut den Suldaat een vörnehme Herr worrn, un de Lüüd vertellen em vun all den Staat in de Stadt un von den König, sünnerlich, wat förn söte Prinzessin sien Dochter weer.

»Woneem kann man se to sehn kriegen?« fraag de Suldaat.

»Rein gor nich!« kreeg he to Antwurt. »Se wahnt op een Slott mit een Krink vun Muern un Töörn. Keeneen – bloots de König sülben dörf bi ehr in- un utgahn. Denn de Lüüd seggt, se schall maal 'n gans eenfachen Suldaten friegen, un dat kann de König nich hebben.«

»Ik will mi se liekers ankieken!« dach de Suldaat. Man dat kunn he jo slecht; he kreeg nich de Verlööf.

Sodennig maak he sik een feine Leven, besöch dat Theater, föhr in den groten Gaarn vun den König un geew de arme Lüüd veel Geld; dat weer nett vun em, denn he kunn sik noch ut fröher Tieden dorop besinnen, wat dat heet, keen Grüschen op de Naht to hebben. He weer jo noch jümmer 'n gans rieken Keerl, harr hübsche Kledaaschen un kreeg vele Frünnen, de all to em sään, wat för een wunnerboren Minschen he weer, een echten Kavalier. Un dat höör de Suldaat geern!

Man wieldat he jeden Dag örnlich Geld utgeew un nix verdenen däd, blewen em opletzt man bloots noch twee Grüschen. He muss ruut ut de groten hübschen Zimmer un baven in een lütte Stuuv wahnen – gans neeg bi dat Dack. He muss nu ok wedder sülben sien Steweln putzen un se mit een Stoppnadel tohoopneihn. Un keeneen vun sien Frünnen keem to Besöök; dat weren ehr veel to vele Stufen dor ropptokladdern.

Dat weer nu maal an een gans düster Avend – he kun sik nich maal een Talliglicht köpen –, dor kreeg he dat Füürtüüg in'n Sinn, dat he ut den Boom, woneem de Hex em daalhulp, mitbröcht harr. He kreeg dat Füürtüüg faat; un jüst as he dat anmaak, gung – pardautz! – de Döör op, un de Hund mit Oogen so groot as Teetassen, de he neern in den Boom to sehn kregen harr, stünn vör em un fraag: »Wat is Joon Befehl, mien Herr?!«

»Wat is dat?« fraag de Suldaat. »Dat is di jo een gediegen Füürtüüg, wenn ik op disse Oort un Wies hebben schall, wat ik will! Krigg mi 'n beten Geld!« sä he to de Hund.

Un foorts truck de Hund afsteed, weer glieks wedder dor un harr een Büdel full mit Grüschens in sien Muul.

Nu weer de Suldaat klaar, wat för een dulle Füürtüüg dat weer. Klopp he eenmaal dorop, sodennig keem de Hund, de op de Kist mit dat Koppergeld seet; klopp he tweemaal, so keem de, de dat Sülwergeld bewachen däd; un klopp he dreemaal op dat Füürtüüg, so keem de mit dat Gold. Nu truck de Suldaat wedder in dat hübsche Zimmer, kreeg sik wedder de feinen Kledaaschen antrucken, un all sien Frünnen weren ok wedder bi em un maken em de gröttsten Komplimente.

Dor dach he: »Dat is doch afsünnerlich, dat man de Prinzessin nich bekieken kann. Se schall doch so hübsch utsehn; man wat helpt dat allens, wenn se jümmer in dat grote Slott mit de velen Töörn sitten schall! Kann ik se denn rein gor nich to sehn kriegen? Woneem is mien Füürtüüg?« He klopp doran – un op'n Stutz keem de Hund mit Oogen so groot as Teetassen.

»Ok wenn dat nu merrn in de Nacht is«, sä de Suldaat, »so will ik liekers to un to geern de Prinzessin för'n lütte Oogenblick bekieken!«

De Hund weer glieks ut de Döör, un ehe dat he sik besinnen kunn, seeg he em all wedder tohoop mit de Prinzessin. Se seet un sleep op den Hund sien Rügg un weer so hübsch, dat jedereen marken kunn: woraftig – dat is een wirkliche Prinzessin; de Suldaat kunn nich anners, as ehr 'n Söten optodrücken – denn he weer dörch un dörch Suldaat.

Denn leep de Hund mit de Prinzessin torügg. Doch as

dat nu Morrn weer un de König un de Königin kemen, sä de Prinzessin, se harr in disse Nacht sun afsünnerlichen Droom vun een Hund un een Suldaat hat. Se weer op den Hund rieden, un de Suldaat harr ehr 'n Söten opdrückt.

»Dat weer jo, weiß Gott, een dulle Geschicht!« sä de Königin.

Nu schull in de neegste Nacht een vun de öllsten Hoffmadams an dat Bett vun de Prinzessin oppassen, wat dor vör sik güng: een Droom or wat sünst.

Dat Lengen vun den Suldaat, de Prinzessin wedder to sehn, weer bannig groot. Un so keem de Hund bi de Nacht, kreeg ehr faat un leep as dull. Man de oole Hoffmadam leep jüst so fix achterran. As se nu spitz kreeg, wat de Hund mit de Prinzessin in een oole Huus verswünn, dach se: »Nu weet ik, woneem dat is«, un maal mit'n Stück Kried een Krüüz an de Döör. Denn gung se nah Huus un legg sik daal. Un de Hund keem ok mit de Prinzessin torügg. Man as he seeg, dat an de Suldaat sien Döör een Krüüz anmaalt weer, kreeg he sik ok 'n Stück Kried un maal an alle Dören vun de hele Stadt Krüze. Dat harr he sik klook utklamüstert – denn nu kunn de Hoffmadam nich de richdige Döör finnen. Dor weren jo öwerall Krüze an.

Gans fröh an'n Morrn kemen de König un de Königin, de ool Hoffmadam un all Offizieren, sik antokieken, woneem de Prinzessin afblewen weer.

»Dor is dat!« sä de König, as he de eerste Döör mit 'n Krüüz an seeg.

»Ne, dor is dat, mien lewe Mann!« sä de Königin, as ehr de tweete Döör to Gesicht keem.

»Mann in de Tünn – hier is een un dor is een!« sään all; wo se ok henkieken dän: öwerall weren Krüze an de Dören. Dor kemen se wull dor achter, dat Söken nix helpen kunn.

Man de Königin weer een bannig kloke Fruu, de meer kunn, as sik herumkutscheren to laten. Se kreeg sik ehr grote güllen Scheer, sneed 'n groot Stück Siedentüüg twei un neih dor een lütten nüdlichen Büdel vun; dissen füll se mit Bookwetengrütt, tüdel em op de Prinzessin ehrn Rügg fast. Un as se dormit klaar weer, sneed se 'n lütt Lock in den Büdel. Sodennig kunn de Grütt den ganssen Weg, de de Prinzessin langskamen schull, afstreuen.

In de Nacht keem nu de Hund wedder, kreeg sik de Prinzessin op sien Nack un leep mit ehr to den Suldaten hen, de ehr leew harr un to geern een Prinz harr sien mucht, dat he se friegen kunn.

De Hund kreeg dat nich spitz, wat de Grütt op den Weg vun dat Slott bit nah dat Finster vun den Suldaat, wo he mit de Prinzessin de Muur ruplööp, afstreut weer. Annern Morrn sehn de König un de Königin dat wull, woneem ehr Dochter afblewen weer. Un dor kregen se op den Suldaat faat un sparren em in't Kaschott.

Dor seet he nu. Hu, wie weer dat düster un eklig! Un denn sä man ok noch to em: »Morrn schallst du ophungen warden!« Sik dat antohören, weer nu allens anner as kommodig; un sien Füürtüüg harr he to Huus in den Kroog vergeten. An'n Morrn kunn he dörch de iesern Trallen vun dat lütt Finster sehn, wat hild de Lüdd dat harrn, ut de Stadt to kamen. Se wullen sik dat Spektakel mit ankieken, wenn he ophungen warden schull. He höör Trummeln un sehg Suldaten marscheren. All de Lüüd lepen ruut. Dor weer ok 'n Schosterjung bi mit Schört un Tüffeln. He leep so fix in'n Galopp, dat een vun sien Tüffeln direktemang to de Muur suus, wo de Suldaat dörch de Iesentrallen keek.

»He, Schosterjung! Du bruukst di gor nich so afjachtern«, reep de Suldaat em to. »Dor warrd nix ut, bit ik nich sülben dor bün! Wenn du nu fix dorhen löppst, wo ik waant heff, mi mien Füürtüüg to halen, so schallst du veer Grüschen hebben! Man du muttst di strewen!« De Schosterjung wull geern de veer Grüschen hebben un leep afstäd nah dat Füürtüüg, bröch dat den Suldaat – tja, nu warrd wi wat hören!

Buten vör de Stadt harrn se een groten Galgen opricht'. Üm em rüm harrn sik Suldaten un veel hunnertdusend Lüüd opstellt. De König un de Königin seten op een hübschen Throon, lieköver de Richter un den helen Raat.

De Suldaat stunn all baben op de Ledder. Man jüst, as man em den Strick üm sien Hals leggen wull, sä he, dat man gewöhnlich sun armen Sünner, eh he sien Straaf kreeg, doch tominnst een Hartenswunsch schenken däd. He wull to un to geern 'n Piep Toback smöken – dat weer jo de letzte Piep, de he op disse Welt hebben schull.

Dissen Wunsch wull de König em nu nich afslaan. Un so nehm sik de Suldaat sien Füürtüüg un kreeg dat inne Gang: een-, twee-, dreemaal! Dor stünnen all dree Hunnen – de mit de Oogen so groot as Teetassen, de mit de Oogen as Möhlrööd un de mit de Oogen as een Toorn.

»Ji mööt mi helpen, dat se mi nich ophangt«, sä de Suldaat. Un dor gungen de Hunnen op de Richter un den helen Raat to Knast, kriggten den een bi de Been, den annern bi de Nääs un smeten ehr vele Meter in de Luft, dat se bi't Daalfallen in luder Stücke tweigungen.

»Ik will dat nich!« sä de König. Man de gröttste Hund greep sik em jüst so as ok de Königin un smeet ehr liek as de annern hooch in de Luft. Dor kregen dat de Suldaten mit de Angst, un all Lüüd repen: »Gode Suldaat, du schallst uns König ween un de schöne Prinzessin hebben!«

Sodennig setten se de Suldaat in de König sien Kutsch, un all de dree Hunnen danzen vöruut un repen »Hurra«.

De Jungs fleuten op de Finger. De Suldaten präsenteren ehr Gewehr. De Prinzessin keem ut dat Slott un worr Königin. Un dat weer wat för se! De Hochtied duur acht Daag. Un de Hunnen seten mit bi Disch un maken grote Oogen.

De Kaiser sien nüe Kledaaschen

Dat is all vele Johren her, dor leew een Kaiser, de hööl so veel vun smucke nüe Kledaaschen, dat he all sien Geld dorför utgeew, man bloots, dat he de Lüüd gefull. He kümmer sik nich üm sien Suldaten, kümmer sik nich üm dat Theoter un much dat gor nich geern, in't Holt uttofohren – bloots sien Kledaaschen wiesen, dat gefull em. He harr een Kostüüm för jede Stunn. Un wenn man annerwegens seggt, »de König sitt mit sien Raatslüüd tohoop«, so sä man bi em jümmer: »De Kaiser is in sien Garderoow!«

In de grote Stadt, wo he in wahnen däd, dor weer jümmers wat loos. Jeden Dag kemen veel Frömden an, un an een Dag ok twee Bedregers; de sään, dat se Wewer weren un vertellten, dat se dat allertfeinste Tüüg, wat man sik bloots denken much, wewen kunnen. De Farwen un dat Muster weren nich bloots afsünnerlich hübsch; man de Kledaaschen, de vun dore Tüüg neiht worrn, schullen elkeen Minschen unsichtbaar maken, de nich för sien Amt döög or een Döösbattel weer.

»Dat weren genau de richtigen Kledaaschen för mi!« sineer de Kaiser; »wenn ik dor welk vun harr, sodennig kunn ik dor achterkamen, keen vun de Lüüd in mien Riek to dat Amt, wat se hebben, nich dögen. Ik kunn de Kloken vun de Döösbattels uteneenhalen! Jo, dat dore Tüüch mutt foorts för mi weewt warden!« Hee geew de beiden Bedregers veel Handgeld, dat se glieks mit ehr Arbeid anfangen kunnen.

Se stellen twee Weewstöhl op, dään so, as wullen se arbeiden. Man dor weer nix – rein gor nix – op den Weewstohl! Liekers schull de fienste Sied un dat beste Gold bröcht warden; dat steeken se awers in ehr egen Tasch un weren an de leddigen Stöhl bi to arbeiden – dat duur meisttieds bit laat in de Nacht.

»Nu will ik doch geern weten, wo wiet se mit mien Tüüg kamen sünd«, dach de Kaiser. Man he weer doch son lütt beet benaut, wenn he dor öwer nahdinken däd, dat nu nüms, de ’n Döösbattel weer or nich för sien Amt döög, dat bekieken kunn. Twors weer he dorvun öwertüügt, dat he för sik sülben nich bang ween muss. Man he wull doch eerst ’n annern loosschicken to kieken, woans dat nu mit de Kledaaschen stünn. Seker is seker. All Lüüd in de gansse Stadt wussen, wat för’n afsünnerlich Knööv dat Tüüg harr, un all weren gans wild to sehn, wo slecht or döösbattelig ehr Nawer weer.

»Ik will mien oolen reellen Minister to de Wewer schicken«, dach de Kaiser, »he kann allerbest doröwer urdelen, woans dat mit den Stoff steiht. Denn he is klook, un nüms versteiht sik beter op sien Amt as he!«

Nu gung de oole gode Minister in den Saal, wo de beiden Bedreger seten un an den leddigen Weewstohl bi de Arbeid weren. »Gott, bewohr uns«, dach de ool Minister un reet sien Oogen op. »Ik kann rein gor nix sehn!« Awer he swieg fein still.

De beiden Bedregers sään, he schull ’n beten wat neger rankamen, un fraagen, wat dat nich smucke Muster un feine Farwen weren. Denn wiesen se op den leddigen Stohl, un de stackels oole Minister bleew dorbi, sien Oogen optorieten. Man sehn kunn he nix; denn dor weer jo ok nix to bekieken. »Herrgott«, dach he, »schull ik ’n Döösbattel ween? Dat kunn ik nie nich vun mi sülben dinken, un nüms anners dörf dat weten! Schull ik nich to mien Amt dögen? Ne doch; dat geiht nich an, dat ik vertell, ik kunn dat Tüüg nich sehn!«

»Nu, Se seggt jo gor nix dorto?!« fraag de een vun der Wewer.

»Oh, dat is nüdlich, gans allerbest!« geew de ool Minister to Antwurt un keek dörch sien Brill. »Disse

Muster un disse Farwen! – Jo, ik warr den Kaiser Bescheed gewen, wo fein mi dat gefallen deit!«

»Nu, dat freit uns!« sään beide Wewer. Un se verklarten, wat de enkelte Farwen heten dään un wat för besünner Muster dat weren. De ool Minister pass good op, sik dat allens to marken, dat he datsülwige to den Kaiser seggen kunn, wenn he torügg weer. Un dat däd he denn ok.

Nu wullen de Bedregers mehr Geld hebben, mehr Sied un mehr Gold to'n Wewen. Se steeken allens in ehr egen Tasch, op den Weewstohl keem keen eenzige Faden; man se blewen bi, düchtig an de leddigen Stöhle to arbeiden.

De Kaiser schick bald een annern düchtigen Beamten hen to kieken, woans dat mit dat Wewen vörangüng un wat dat Tüüg nich bald op de Reeg weer. Em güng dat awers jüst so as den eersten. He keek un keek. Wieldat man nix as bloots de Weewstohl dor weer, so kunn he nix sehn.

»Is dat nich 'n gans besünners staatsche un feine Tüüg?« fraagen de beiden Bedregers un wiesen un verklaren dat staatsche Muster, wat gor nich dor weer.

»Dösig bin ik nich«, dach de Mann; »denn is dat wull mien gode Amt, wo ik nich to dögen do! Dat is jo verdüvelt noog, man dat mutt man sik jo nich anmarken laten!« Sodennig lööv he dat Tüüg, wat he nich sehg. Un he weer gans ut de Tüüt öwer de smucken Farwen un dat wunnerbaar Muster, dat gor ni dor weer. »Jo, dat is to un to smuck!« sä he to'n Kaiser.

All Lüüd in de Stadt snacken öwer dat staatsche Tüüg. Nu wull sik de Kaiser dat ok sülben bekieken, solang de Kraam noch op den Weewstohl weer. Mit een gansse Flock vun besünner Mannslüüd – ok de beiden reellen Beamten, de sik dat all maal ansehn harrn, weren dorbi – güng he nah de beiden plietschen Bedregers hen, de mit all ehr Knööv wewen, man ohn een Faser un ohn een Faden.

»Jo, is dat nich grootordig?!« sään de beiden reellen Beamten. »Wöllt Ju Majestät kieken, wat för Muster, wat för Farwen?« Un denn wiesen se op den leddigen Weewstohl; denn se weren sik seker, wat de annern dat Tüüg wull sehn kunnen.

»Wat«, dach de Kaiser; »ik seh rein gor nix! Dat is jo gresig. Bin ik dösig? Döög ik nich dorto, Kaiser to ween? Dat weer dat Grulichste, wat mi passeren kunn.«

»Oh, wat is dat smuck«, sä he. »Dat kriggt mien allerhöchsten Applaus!« Un he nickköpp tofreden un keek den leddigen Weewstohl an. He wull nich seggen, dat he nix sehn kunn. De ganssen Lüüd, de he mitnahmen harr, keken un keken; man se kregen ok nich mehr ruut as all de annern un sään liek as de Kaiser »Oh, wat is dat smuck!« un geven em den Raat, he schull de nüen Kledaaschen man bi de grote Festupmarsch antrecken.

»Dat is grootordig, nüdlich, exzellent!« – so güng dat vun Mund to Mund. Un dat keem een so för, as weren all Lüüd dor full Freid öwer. De Kaiser steek elkeen vun de beiden Bedregers dat Ritterkrüüz in't Knooplock; un se kunnen sik opstünns ›Königliche Weewjunkers‹ nömen.

De hele Nacht vör de Morrn, wo de Festupmarsch vunstatten gahn schull, blewen de Bedregers up un harrn sösstein Talliglüchten anstaken, dat man ehr ok goot bi de Arbeid tokieken kunn. De Lüüd kunnen sehn, dat se örnlich to doon harrn, den Kaiser sien nüen Kledaaschen torecht to kriegen. Se dään so, as kregen se dat Tüüg ut den Weewstohl, se sneden in de Luft mit grote Scheren, se neihen mit Nadels ohn Faden un sään opletzt: »So, nu sünd de Kledaaschen op de Reeg!«

De Kaiser mit sien vörnehmsten Beamten keem sülben; un beide Bedregers bören een Arm in de Höögde –

jüst so, as wenn se wat fasthalen dään un sään: »Kiekt, dat sünd de Beenkleder, hier is dat Kostüüm, dat is de Mantel!« un so wieder. »Dat is so licht as Spinnweew; man schull meist glöwen, man harr gor nix an'n Lief, awers dat is jüst dat Smucke dorbi!«

»Jo!« sään all de Beamten; man se kunnen gor nix sehn, denn dor geef dat ok nix to kieken.

»Wenn Ju Majestät bitte so fründli ween wullt, de Kledaaschen aftoleggen«, sään de Bedregers, »so wöllt wi de nüen vör dissen groten Spegel antrecken!«

De Kaiser legg sein Kleder af, un de Bedregers stellten sik so hen, as wenn se em jede Stück vun de nüen Kledaaschen antrucken. Un de Kaiser dreih un dreih sik vör den Spegel.

»Ach Gott ne, wat sünd dat för smucke Kledaaschen! Wat passen de doch allerbest!« sään se alltohoop. »Wat för een Muster, wat för Farwen! Dat is di een heel düür Kostüüm!« –

»Buten staht se all mit den Throonhimmel, de öwer Ju Majestät bi de Festümtog dragen warden schall!« geew de Oberzeremonienmeister to weten.

»Kiek, ik bün jo all op de Reeg!« sä de Kaiser. »Passt dat nich allens allerbest?« Un denn keek he nochmaal nah den Spegel. Dat schull so utsehn, as wenn he sien Staat nipp un nau kuntrolleer.

De Kammerherren, de anstellt weren, de Sleep to drägen, langten mit beide Hannen nah de Footborrn, as wenn se de Sleep opbören. Se gungen un dään, as wenn se wat in de Luft helen. Se harrn keen Mumm, sik anmarken to laten, dat se nix sehn kunnen.

So gung de Kaiser ünner den Throonhimmel; un all Lüüd op de Straat un an de Finster sään: »Wat sind de Kledaaschen vun den Kaiser man bloots eenzig! Wat för een Sleep sien Kostüüm hett! Wat fein se em passen deit!« Nüms wull sik anmarken laten, dat he nix sehg.

Denn sodennig har he jo nich to sien Amt döggt or weer bannig dösig ween. Nienich harrn Kleder vun den Kaiser so veel Glück bröcht as disse.

»Awers he hett jo gor nix an!« sä opletzt een lütt Göör.

»Höört een unschülli Stimm!« sä de Vadder; un de een swiester den annern to, wat dat Göör seggt harr.

»Awers he hett jo gor nix an!« reep opletzt dat hele Volk.

Dat kreeg denn ok de Kaiser spitz; un he wuss: de Lüüd hebben recht! Man he sä to sik sülben: »Nu mutt ik de Festupmarsch bit toletzt dörchholen!« Un so gung he noch wat stolter, un de Kammerherren gungen un drägen de Sleep, de gor nich dor weer.

De lütt Deern mit de Rietsticken

Bannig koold weer't. Dat snee un fung an, Awend to warden. Dat weer de letzte Awend in't Johr: Silvester, Ooldjohrsawend! In disse Kööl un disse Düsternis gung een lütt arme Deern mit bloten Kopp un blote Fööt up de Straat. Se harr twors Tüffeln an, as se vun to Huus weggahn weer; man wat hülp dat allens?! Dat weren bannig grote Tüffeln. Ehr Modder harr se toletzt dragen; se weren so groot, dat de Lütte se verschütt gungen, as se sik streew, fix öwer de Straat to kamen, as twee Wagens gans gau ankarjoolt kemen. De een Tüffel weer nich mehr to finnen; un mit den annern leep een Jung afsteed, de sä, he kunn em goot bruken – jo, he kunn em sogaar as Weeg bruken, wenn he sülben maal Vadder warden schull.

Dor gung nu de lütt arme Deern op ehr blote lütte Fööt, de gans root un blau vun de Küll weren. In een oole Schört heel se 'n Barg Rietsticken, un een Bund dröög se in de Hand. Nüms harr bi ehr den helen Dag wat köfft; nüms harr ehr man ok 'n Grüschen schenkt. Hungri und halw verfroren sleek se rüm un weer gans bedrippst – de stackels Deern! De Sneeflocken fullen op ehr lange Flasshaar, dat sik smuck öwer ehrn Hals krüsel, man an Pracht dach se dorbi nich!

In een Eck twischen twee Hüser sett se sik daal. De lütten Fööt harr se fast to sik hoogtrucken, man dat früst se bloots noch duller. Un se harr keen Mumm, nah Huus to gahn; denn se harr jo keen Rietsticken verköfft, keen eenzigen Grüschen kregen. Ehr Vadder wull ehr 'n Jackvull gewen, un koold weer dat to Huus ok; se harrn man dat Dack direktemang öwer sik, un dor suus de Wind rin, twors se dor Stroh un Lappen twischen de gröttsten Löcker stoppt harrn. Ehr lütten Hannen weren vör Küll meist gans stiew. Ach! Een Rietstick – dat wörr ehr goot doon. Wenn se sik dat bloots wagen kunn, een ut dat Bund trecken, dat anrieten un sik de Fingers an warmen! Se truck dat ruut. Ritsch! Wat glöön dat, wat brenn dat! Dat geew een warme helle Flamm as sunn lütt Licht, as se dor ehr Hand ümhööl. Dat weer een wunnerbaar Licht! Dat keem de lütt Deern vör, as seet se direktemang an sunn groten iisern Kachelaven mit een Messingtuut babenup. Dat Füür brenn wunnerbaar un geew örnlich Warms. De Lütte kroop sik tosamen un streek ehr Fööt, ok dor Warms aftokriegen – dor gung dat Füür ut, de Aven weer wech – se seet mit sun lütt Stump vun een daalbrennt Rietstick in de Poten.

Een nüe worr anreten, dat brenn', dat lücht', un woneem de Schien op de Muur full, kunn man dörchkieken as dörch een Sleier. Se keek jüst in een Stuuw, woneem de Disch mit een heel witte Dook un dat fienste Porzellan deckt weer; lecker damp dor een Goosbraden, füllt mit Plummen un Appeln. Un wat noch duller weer: De Goos jump vun de Schöttel daal, snuckel op den Footborrn mit Gawel un Mess in de Rügg jüst op de arme Deern to. Dor weer de Rietstick utlöscht … un bloots de dicke kole Muur weer to sehn.

Se reet een nüen an. Dor seet se ünner den smucken Wiehnachtsboom. De weer noch grötter un grootordiger as de, den se to Wiehnachten dörch de Glasdöör bi den rieken Koopmann sehn harr. Veel dusend Lichter brennen up de grönen Twiegen, un bunte Billers keken op ehr daal. De Lütte streck ehr beide Hannen in de Höögde – dor lösch de Rietstick ut; de velen Wiehnachtslichter stegen höger un jümmer höger rup. Nu kunn se sehn: Dat weren de klaren Steerns an'n Heben, un een vun jüm full daal un maak een langen Füürstriepen an'n Heben.

»Nu starwt dor een!« sä de Lütte; denn ehr ool Grootmodder, de eenzige Minsch, de ehr leew hett harr un de nu all lang doot weer, harr maal seggt: »Wenn dor een Steern fallt, so stiegt sien Seel nah Gott rup.«

So streek se wedder een Rietstick an: Dat geew Licht öwerall ümto. Un in dat strahlen Licht stünn de Grootmodder – mild un vull vun Leewde.

»Grootmodder!« reep de Lütte. »Oh, nimm mi mit! Ik weet, du geihst ok, wenn de Rietstick utlöscht is; liek as de warme Kachelaven, de lecker Goosbraden un de grote smucke Wiehnachtsboom!«

Se streek hild den ganssen Rest vun de Rieststicken, de noch in de Schachtel weren, an – se wull de Grootmodder fastholen. Un de Rietsticken weren heller as de lichte Dag. De Grootmodder weer nie nich so schöön, nie nich so groot ween. Se böör de lütt Deern op ehrn Arm, un in Staat un Glück flögen se in de Höögde; un dor föhl se keen Küll, keen Smacht, keen Bang – se weren bi Gott.

Man in de Eck vun dat Huus seet in de küllige Morrnstünn de lütt Deern mit rode Backen, mit 'n lütt Grienen üm den Mund – doot, verfraren an'n letzten Avend vun't oole Johr. De Nühjohrsmorrn güng öwer de lütt Liek op, de dor mit de Rietsticken seet. Een gansse Schachtel weer opbrennt. Nüms kunn weten, wat se Schönes to sehn kregen harr, in wat för'n Staat se mit ehr Grootmodder to de Nühjohrsfreid gahn weer.

De lütt Meerfru

Wiet buten in't Meer is dat Water so blau as de Bläder vun de schönsten Koornblomen un so klaar as dat reinste Glas; man dat is bannig deep – deper, as'n Ankertau daalgeiht. Vele Karkentöörn möten upnannerstellt warden, dat se vun neern bit öwer dat Water langen.

Nu mutt een awers nich glöwen, dor neern weer bloots Sand. Ne doch; dor wassen de sünnerlichsten Bööm un Planten, de so smielige Stengel un Bläder hebbt, dat een meist denken kunn, se weren qicklebennig. All de Fisch, lütt un groot, wutschen dörch de Twiegen liek as baven op de Eerd de Vageln inne Luft. An de deepste Steed liggt den Meerkönig sien Slott: mit Muurn vun Korallen un Finster ut Bernsteen. Dat Dack weer heel un deel ut Muscheln, de sik op- un tomaken, so as dat Water ströööm. Dat seeg wunnerbor ut, denn in jedeen legen helle Perlen; een enzige vun jüm wörr de gröttste Pracht för'n Königin.

De Meerkönig dor neern weer all vele Johren Wittmann ween, wieldes sien oole Modder bi em dat Huus klaar kreeg. Se weer 'n kloke Fruu, man stolt op ehrn »Adel«; sodennig dreeg se twölf Austern op ehrn Steert, de annern Adelsfruun dröffen man bloots söss dregen. – Ansünsten kunn man allerhand Godes öwer se vertellen, sünnerlich se veel vun de lütten Meerprinzessinnen, wat ehr Enkeldöchter weren, hool. Dat weren söss bannig hübsche Kinner, man dat jüngste weer dat schöönste vun all: ehr Huut so klaar un fien as'n Rosenblatt, ehr Oogen so blau as de deepste See. Man as all de annern harr se keen Fööt. Ehr Liew harr ünnen 'n Fischsteert.

Den helen Dag kunnen se neern in't Slott, wo echte Blomen ut de Wand wussen, spelen. De groten Bernsteenfinster worden opmaakt, un denn swümmen de Fisch dor rin jüst so as bi uns de Swulken, wenn wi't Finster opsparrt. De Fisch swömmen direktemang nah de Prinzessinnen, freten ehr ut de Hannen un leten sik fiecheln.

Buten vör't Slott leeg 'n grote Goorn mit knallrode un dunkelblaue Bööm; de Früchte strahlen as Gold un de Blomen as Füür; ümmerto rögen sik de Stengel un Bläder. Öwer all dat leeg sun gediegen blauen Schimmer; een kunn meist glöwen, man weer hoog in de Luft un harr den Heben öwer un ünner sik un nich dat depe Meer. Weer de Wind maal musenstill, so kunn een de Sünn ankieken. Se seeg ut as een rode Bloom, de ut ehrn Beker Licht verströöm.

Elkeen vun de lütten Prinzessinnen harr ehr eegen lütte Steed in'n Goorn. Dor kunnen se graven un planten, wat se wullen. De lüttste Prinzessin weer gans wat Besünners: still un deepdenkern. Wenn de annern mit den gediegensten Kraam, de se vun de strannen Schipp haalt harrn, Staat maken, weer se mit 'n hübsche Marmorstatue heel tofreden. Dat weer 'n staatschen Jungen, ut witte Steen haut, de bi 'n Strandung nah'n Meeresgrund kamen weer. Se plant bi düt Bild een rode Wichel; de wuss good un leet ehr frische Twiegen öwer den Jungen bit nah de Eerd hangen. Dat seeg meist so ut, as wullen de Wicheltwiegen mit ehr egen Wuddeln spelen, as wullen se sik küssen.

Dat geef keen grötter Höög för se, as vun de Minschen dor baven hören; de ool Grootmodder muss allens, wat se vun Scheep un Städer, Minschen un Deerten wuss, vertellen. Sünnerlich schöön weer't för ehr, dat een op de Eerd de Blomen so fein rüken kunn – dat dään se op den Meeresgrund nich – un dat de Fisch, de een dörch de Bööm sehn kann, so luut un wunnerbor singen hören kann. Dat weren de lütten

Vageln, de vun de Grootmodder Fisch nöömt wurden, denn anners kunnen de Gören se jo nich verstaan, wieldat se noch nienich een Vagel to Gesicht kregen harrn.

»Wenn Ji fofftein Johr oold ward«, sä de Grootmodder, »denn dröfft Ji ut dat Water opdükern, in Mondschien op een Steen sitten un de groten Scheep, de vörbiseilen, ankieken. Denn warrd Ji Hölter un Städer to sehn kriegen!«

Anner Johr weer de een Süster fofftein Johr oold. All Süsters weren jümmer een Johr uteneen. So kunn man weten, dat duur noch fief Johr, dat ok de jüngste an de Reeg weer. So lang muss se noch töwen, ut dat Meer to dükern un ankieken, woans dat bi uns utsehg. Man all Süsters harrn sik dat Verspreken gewen, de annern to vertellen, wat se sehn harrn un wat ehr sünnerlich geful-len harr. Denn de Grootmodder vertell ehr nich noog. Dor geef dat noch'n Barg, wat se weten wullen.

Keeneen harr so veel Lengen as de Jüngste: jüst se, de noch so lange Tied töwen muss, so still weer un sik so veel Gedanken maak. Mennig Nacht stunn se an dat apen Finster un keek dörch dat düsterblaue Water nah baven. Moond un Steerns kunn se sehn, wenn man ok gans flau – awers dörch dat Water sehn se örnlich wat grötter ut as vör uns Oogen.

Nu weer de öllste Prinzessin fofftein Johr oold un dröff nah baven ut dat Meer opdükern.

As se nu trüchkamen weer, dor harr se hunnert Saken to vertellen. Man dat schöönste weer, sä se, in Moondschien op een Sandbank in de stille See liggen un sik neeg bi de Küst de Stadt ankieken. Dor blinken de Lüchten as hunnert Steerns, dor kunn man Musik un den Larm vun Wagens un Minschen hören, vele Karkentöörn sehn un dat Bimmeln vun de Glocken hören. Un de Jüngste leng duller as de annern, nah baven to kamen – denn dat schull jo noch ach so lang duurn.

Oh, wat spitz se de Ohren! Un wenn se an laten Avend an't finster stunn un dörch dat düsterblaue Water nah baven keek, denn keem ehr de grote Stadt mit all den Larm in'n Sinn. Un denn weer ehr tomood, as höör se dat Bimmeln vun de Karkenglocken.

Anner Johr kreeg de twete Süster Verlööf, dörch't Water nah baven to stiegen un to swümmen, wohenn se ok wull. Jüst as de Sünn ünnergung, düker se op – un wat se nu sehg, dat weer för se dat Allergröttste. De hele Heben sehg ut as Gold, sä se, un de Wulken weren rood un blau öwer ehr seilt. Man noch gauer as de Wulken truck dor een Flock wilde Swaans öwer't Water dorhen, woneem de Sünn stunn.

Een Johr later keem de drütte Süster nah baven. Se weer de kurascheertest vun all. Sodennig swömm se den breden Stroom rop, de dor bi't Meer ankeem. Gröne Bulten mit Wienranken weren dor, Slötter un Höff plierten dörch staatsche Hölter, un se kunn all de Vagels singen hören.

In een lütte Bucht dreep se 'n gannse Reeg Minschenkinner; de weren splitternakelnd un pütscherten in't Water. Se wull mit ehr spelen, man de Kinner lepen vebiestert afsteed. Un denn keem dor sun lütt, swatt Deert; dat weer'n Hund; man se harr noch ehr Leewdag kenen Hund sehn. De bell so gresig, dat ehr angst un bang worr un se so gau as dat man gung nah de See trüch wull. Nienich kunn se de Hölter, de Bulten un de söten Gören, de in't Water swömmen kunnen, liekers se kenen Fischsteert harrn, vergeten.

De veerte Süster weer nich so kurascheert. Se bleew buten in't Meer un vertell, dat se't dor an schöönsten harr. Öwerall weer de Heben to sehn. Scheep geew dat, wenn ok wiet an'n Horizont, man se sehn ut as Möven. Delphins scheten Koppeister, un de groten Waalfisch sprütten Water ut ehr Neeslöcker as hunnert Funtääns in een Krink.

Nu weer de föffte Süster an de Reeg. Se harr in Winter Geburtsdag, un sodennig kunn se sehn, wat de annern dat eerste Maal nich mitkregen harrn. De See harr gröne Farw, un öwerall swömmen Iisbargen – witt as Perlen un so groot as Karktöörn. Se harrn de sünnerlichsten Gestalten un blinkern as sun Diamant. Se harr sik op den gröttsten Isbarg daalsett, un denn geew dat 'n dullen Storm; de Wind speel mit ehr lange Haar. As dat Avend wörr, dor geew dat Blitz un Dunner opto. De Scheep trucken ehr Seils daal, dat weer 'n Angst un Bangen; man se seet gans sinnig dor un bekeek sik dat Spektakel vun de blauen Blitzen, de in't Water daalneihten.

Dat eerste Maal, as een vun de Süsters nah baven keem, weer se meist ut de Tüüt öwer all dat Nüe un Schöne, wat se to sehn kreeg; man as se nu as wussen Deern jümmerto opdükern dröff, weer ehr dat eenerlei un liekers. Se lengten trüch. Un all nah'n korte Tied sään se: dor neern weer't doch an schönsten. Dor weer man fein tohuus!

Mennig Avendstünn kregen sik de Süsters in de Arms un stegen in een Reeg ut't Water rop. Oh, wat harrn se för wunnerbor Stimmen, schöner as jichtenseen Minsch. Un truck denn 'n gresigen Storm op, so swömmen se vör de Scheep un sungen so sööt, wo schöön dat neern op den Meeresgrund weer. Se verklaren de Matrosen, wat se nich bang ween mussen, dorhen daal to kamen. Man de Seelüüd verstunnen dat nich un dachen, dat weer Stormbrusen. Se worden ok all disse Herrlichkeit dor neern nich gewahr. Un wenn dat Schipp ünnergung, supen de Minschen af un kemen as Liek to den Meerkönig sien Slott.

Wenn de Süsters Arm in Arm an'n Avend dörch dat Water nah baven stegen, denn stünn de lütt Süster gans alleen un keek ehr to. Dorbi weer ehr nah Wenen tomood. Man de Meerfru hett keen Tranen, sodennig mutt se noch mehr lieden.

»Ach, wenn ik doch man eerst fofftein weer!« sä se. »Ik weet, dat ik de Welt un de Minschen, de dor baven tohuus sünd, vun Harten leew harr!«

Opletzt bleef se fofftein Johr oold.

»Kiek, nu büst du wussen!« sä de Grootmodder, de ool Wittfroo vun den König. »Nu laat mi di hübsch maken as dien annern Süsters!« Un se sett ehr ’n Kranz mit witte Liljen op dat Haar; man elkeen Blatt weer’n halve Parl; un de Oolsch tüter acht Austern in’n Steert vun de Prinzessin. Dat schull ehrn hogen Rang wiesen!

»Dat deit weh!« sä de lütt Meerfruu.

»Jo, keen schöön utsehn will, mutt lieden!« sä de Oolsch.

Oh, se harr to geern all den Staat afschütteln un den swaren Krans afleggen wullt; ehr roden Blomen in’n Goorn stunnen ehr veel beter, awer dor kunn se nu nix an ännern. »Atschüüß!« sä se un steeg licht un klaar – as sun Blaas – dörch dat Water nah baven.

De Sünn weer man jüst ünnergahn, as se den Kopp öwer’t Water böör. All de Wulken blinkern as Rosen un Gold. Un mittenmank de rosa Luft straal de Avendsteern hell un fründli. De Luft weer mild un frisch, de See gans windstill. Dor leeg ’n groot Schipp mit dree Masten; een enkelt Seil weer man optrocken, denn dor röhr sik keen noch so lütte Luft, un de Matrosen seten in de Wanten un op de Staken.

Dor weer Musik un Gesang, un as dat düster worr, bleven hunnert bunte Latüchten anstaken. Dat sehg meist ut, as weihten dor Fahnens vun all Nationen in de Luft. De lütt Meerfru swumm bit nah dat Kajüütfenster; un jümmer, wenn dat Water ehr nah baven hiev, kunn se dörch de klaren Ruten kieken, woneem vele schick maakt Lüüd stunnen. Man de schöönste weer de junge Prins mit de groten swatten Oogen. He weer wull nich öller as fofftein Johr; hüüt fier he sien Geburtsdag; un so weer dor sun Staat. De Matrosen danzen op't Deck, un as de junge Prins dortokeem, susten mehr as hunnert Raketen in de Luft – mit Licht as de helle Dag. Dor verfeer sik de lütt Meerfru un düker fix ünner't Water.

Man – duur nich lang – dor steek se den Kopp wedder ruut; un ehr weer tomood, as fullen all Steerns vun Heben op ehr daal. Nienich harr se sun Füürspektakel to sehn kregen. Grote Sünnen sprütten as dull, staatsche Füürfisch flegen in de blaue Luft, un all dat spegel sik in de klare stille See. Op't Schipp weer't so hell, dat een elk lütt Tau un noch veel beter de Minschen sehn kunn. Oh, wat weer di dat för'n schönen jungen Prins, un he schüttel de Lüüd de Hannen un smuuster, as de Musik dörch de Nacht to hören weer!

Dat weer laat worden. Man de lütt Meerfru kunn ehr Oogen nich vun dat Schipp un den Prins laten. De bunten Latüchten bleven utmaakt, Raketen stegen nich mehr in de Höögde, un ok Kanonen rummsten nich mehr. Man deep daal an'n Meergrund dor weer 'n Summen un Brummen. Dat Schipp kreeg mehr Wind, een Seil nah dat anner worr opsett. Nu gungen de Bölgen duller, grote Wulken trucken op, Blitz un Dunner weer nich wiet. Oh, dat schull 'n gresige Wedder warden! Sodennig trucken de Matrosen de Seils wedder in. Dat groot Schipp schuckel op de ruge See. Dat Water böör sik as twee grote swatte Bargen op. Man dat Schipp düker as 'n witte Swaan mank twee hoge Bölgen daal un leet sik wedder retuur hieven.

De lütt Meerfru dünk, dat weer'n lusti Fohrt; man so dachen de Seelüüd nu gor nich. Dat Schipp knack un krach, de dicken Planken bögen sik bi de starken Stött, Water leep in't Schipp; de Mast breek in de Mitt dörch, as weer he Reet. Dat Schipp legg sik op de Siet. Un mehr un mehr Water leep in de Kajüüt.

Nu weer de lütt Meerfru klaar, dat se in grote Gefohr

weren. Un ok se sülven muss oppasssen; denn överall swummen dicke Balken un Stücke vun dat Schipp. In den enen Oogenblick weer dat so pickendüüster, dat man rein gornix sehn kunn; un denn, wenn dat blitz, bleef dat wedder so hell, dat se all Lüüd op dat Schipp kennen kunn – sünnerlich den jungen Prins. Un se sehg em, as dat Schipp verswunn, in't depe Meer sinken.

Toeerst weer se gans vergnöögt, denn nu keem he jo nah ehr daal. Man denn worr ehr klaar, dat de Minschen nich in't Water lewen köönt un dat he nich anners as doot to ehr Vadder sien Slott kamen kunn. Ne, starwen, dat dröff he nich! Sodennig swumm se to em hen mittenmank de Balken un Planken, de dor op de ruge See dreven. Un se harr gans un gor vergeten, dat se dorvun harr dootquetscht warden kunnt; se düker deep ünner't Water un steeg wedder hoog to den jungen Prins, de ut de Puust weer un nich länger in de wilde See swimmen kunn; sien Arms un Beens weren all gans flau, de schönen blauen Oogen harr he tomaakt. He weer dootblewen, keem dor nich de lütt Meerfru. Se böör sienen Kopp in de Höögde un leet sik mit em dörch de Bölgen drieven, wohenn se wullen.

Annern Morrn weer dat gresige Wedder vörbi un vun dat Schipp rein gornix mehr to sehn. De Sünn steeg root un blinkern ut't Water. Dat weer meist so, as kregen de Backen vun den Prins dorvun Lewen. Man sien Oogen blewen slaten. De Meerfru geew em 'n Söten op sien hoge schöne Steern un streek sien natte Haar trüch. Ehr weer tomood, as wer he liekereen mit dat Marmorbild in ehrn lütten Goorn; se küss un küss em un wünsch, he much doch lewen.

Nu kunn se dat Fastland sehn. Hoge blaue Bargen mit witte blinkern Snee bavenop. Neern an de Küst weren schöne gröne Hölter, un vürnan leeg 'n Kark or 'n Kloster, dat kunn se nich so recht seggen, man 'n Huus weer't op jeden Fall. Zitronen- un Appelsienbööm wussen in den Goorn un vör de Poort stunnen hoge Palmbööm. Dat Meer harr an disse Steed 'n lütt Bucht. Dor weer dat musenstill, man bannig deep. Jüst hierhen, woneem fiene witte Sand henspöölt weer, swömm se mit den Prins, bugseer em an'n Strand un kreeg sienen Kopp hoog in den Sünnschien leggt.

Dor höör een de Glocken in dat grote witte Huus und veer junge Deerns kemen dörch den Goorn. Dor swömm de lütt Meerfru wieder nah buten, achter 'n poor grote Steens, de ut dat Water keken, legg Seeschuum op ehr Haar un op ehr Bost, so dat nüms ehr Gesicht sehn kunn, un denn pass se up, keen wull to den stackels Prins kamen schull.

Duur nich lang, denn keem 'n junge Deern dorhen. För'n Oogenblick weer se verbiestert, man denn hool se noch mehr Lüüd, un de Meerfru worr wies, dat de Prins wedder Lewen in sik harr un all ümto angrien. Man to ehr grien he nich; denn he kunn jo nich weten, dat se dat weer, de em rett harr. Se föhl sik bannig trist. Un as man em nah dat grote Huus bröch, düker se truri ünner't Water un truck torüch nah Vadder sien Slott.

Jümmer all weer se still un deepdenkern ween; man nu weer't se noch veel mehr. Ehr Süstern fragen, wat se denn nu dat eerste Maal dor baven sehn harr. Man se vertell nix.

Mennig Avend un Morrn steeg se rop, woneem se den Prins trüchlaten harr. Se kunn de riepen Frücht in den Goorn sehn un ok, woans de Snee op de hogen Bargen smolt. Man den Prins kreeg se nicht to Gesicht; un sodennig truck se jümmer trist un truri nah Huus. Dor weer ehr eenzig Troost, in ehrn lütt Goorn sitten un ehr Arms üm dat Marmorbild leggen – üm dat Marmorbild, wat meist as de Prins utsehg. Man ehr Blomen wohr se nich, de wussen un wussen as wild öwerall hen, de Stengel un Bläder in de Twiegen vun de Bööm. Gans düster weer dat worden.

Opletzt kunn't se nich mehr utholen. Se vertell dat to een vun ehr Süsters, un dor wurden all de annern dat ok glieks wies, man sunst nüms as disse un 'n poor anner Meerfruun, de dat nich wiedersään, man bloots to ehr beste Fründinnen. Een vun ehr wuss Bescheed, keen de Prins weer; se harr ok dat Fest op dat Schipp sehn un kunn seggen, woneem he vun weer un woneem sien Slott leeg.

Dat weer ut geel blinkern Steen opbuut, mit grote Treppen ut Marmor, de direktemang bit an't Meer gungen. Staatsche güllen Kuppeln weren baven öwer't Dack, un mank de Säulen stunnen Marmorbiller, de so utsehgen, as weern se lebenni. Dörch dat klaar Glas in de hogen Finster keek man in de gewaltigsten Saals rin, woneem sieden Gardienen un Teppiche hungen un all de Muren mit grote Billers op Schick bröcht weren. Mittenmank den gröttsten Saal plätscher een groten Springbrunnen, de sien Water bit nah de Deek sprütten leet.

Nu wuss de lütt Meerfru Bescheed, woneem he tohuus weer. Un jüst dor weer se nu mennig Avend un mennig

Nacht op't Water. Se swömm veel neger an't Fastland ran, as een vun de annern dat waagt harr. Jo, se gung bit nah de Marmortrepp rup. Dor seet se un bekeek den jungen Prins, de glööw, he weer gans alleen in dat klare Moondlicht.

Se sehg em mennig Avend, wenn he mit sien staatsche Boot, wo Musik speelt worr, seil. Se luuster dörch dat gröne Reet; un wenn de Wind faat op ehr lange silwerwitt Sleier kreeg un een dat sehg, so kunn'n menen, dat weer 'n Swaan, de sien Flünken utbreed.

Se höör in mennig Nacht, wenn de Fischer mit ehr Fackeln ünnerwegens weren, dat se veel Godes vun den Prins to vertellen harrn. Un se weer froh, dat se sien Lewen rett harr, as he halwdoot op de Bölgen dreew; un se muss doran denken, wo fast sien Kopp op ehr Bost legen un woans se em vun Harten küsst harr. He wuss vun all dat rein gornix, kunn nich maal vun ehr drömen.

Duller un duller fung se an, de Minschen leew to hebben. Duller un duller wünsch se, mit jüm tohoop to ween. Dor weer so veel, wat se weten wull, man de Süsters kunnen ehr nich op all de Fragen 'n Antwurt gewen. Sodennig fraag se ehr Grootmodder; denn de wuss gans good öwer de höger Welt Bescheed – gans richtig nööm se ehr de »Lannen öwer't Meer«.

»Wenn de Minschen nich afsuupt«, fraag de lütt Meerfru, »köönt se denn ewig lewen, starwen se nich as wi neern in't Meer?«

»Jo«, sä de Oolsch, »se mööt ok starwen; un ehr Tied to'n Lewen is sogoor noch wat körter as bi uns. Wi köönt dreehunnert Johr oold warden. Man wenn't uns nich mehr gifft, so warden wi to Schuum op't Water. Wi hebbt nich maal 'n Graff hier neern bi uns lewe Frünnen. Wi hebbt keen Seel, de nich starwen kann. Uns ward dat Lewen nienich trüchgewen. Wi sünd liek dat gröne Reet; wenn't maal dörchsneden is, denn warrd dat nich wedder gröön. De Minschen awers, de hebbt een Seel, de ewig lewen deit, wenn de Liew to Eerd worden is. Se stiegt op nah de blinkern Steerns! So as wi ut dat Water opdükern un de Lannen vun de Minschen to sehn kriggt, so stiegen se nah frömde wunnerbor Placken op, de wi nienich to Gesicht kriggt.«

»Wat is de Grund, dat wi keen Seel hebbt, de nich starwt?« fraag de lütt Meerfru gans truri. »Ik wull all mien Hunnerte vun Johren, de ik lewen schall, dorför gewen, dat ik bloots een Dag 'n Minsch ween kunn un an de himmlisch Welt rankeem.«

»Dor denk maal nich an!« sä de Oolsch. »Wi fööIt uns veel glücklicher un beter as de Minschen dor baven!«

»Ik schall starwen un as Schuum op't Meer driewen, nich de Musik vun de Bölgen hören, de Blomen un de Sünn nich sehn? Kann ik denn rein gornix doon, dat mien Seel nich starwen mutt?«

»Nä«, sä de Oolsch, »bloots wenn een Minsch di duller as sien Vadder un Mudder leew harr; wenn he mit all sien Gedanken un all sien Leewde an di hung, sien rechte Hand in dien Hand leggen wull mit dat Verspreken, truu to ween bit in alle Ewigkeit, denn fleeg sien Seel in dien Liew, un sodennig kreegst du ok wat af vun dat Minschenglück. He geew di Seel un kunn liekers sien eegen beholen. Man dat warrd nie nich passeren! Wat hier in't Water jüst so hübsch is – dien Fischsteert –, dat möögt se op de Ehr nich lieden un seggen, dat süht gresig ut. De Minschen verstahn dat nich beter; dor mutt een twee tossige Stütten hebben – Beens nöömt se dat –, dat man schöön utsehn deit!«

Dor süüfz de lütt Meerfru un keek bedrippst nah ehrn Fischsteert.

»Laat uns froh ween!« sä de Oolsch. »Hüppen un springen wöllt wi in de dreehunnert Johr, de wi lewen schöllt. Dat is woraftig 'n lange Tied. Laterhen köönt wi uns um so beter utrohn. Vunabend warden wi Danz op den Hoff hebben!«

Dat weer ’n Pracht, as man se nie op de Eerd to sehn kriggt. De Muurn un de Deek vun den groten Danzsaal weren ut dicke Glasschiewen. Vele hunnert Muscheln stunnen op beide Sieden in een Reeg mit blau brennen Füür. Dor worr de hele Saal vun hell, un dat Licht schien ok nah buten in’t Meer. Dor kunn’n lütte un grote Fisch mit rode, sülwern un güllen Schuppen bekieken. Mitten dörch den Saal weer ’n brede Fluss; op em danzen Meermannslüüd un Meerfruun to ehrn egen söten Gesang. So feine Stimmen hebbt de Minschen op de Erd nich. De lütt Meerfru sung an allerfeinsten vun jüm all. Dat geew örnlich Applaus. Un förn Oogenblick frei se sik as dull, denn se wuss, dat se de feinste Stimm vun all harr – op de Eerd un in’t Meer. Awers denn muss se glieks wedder an de Welt dor baven denken. Se kunn den hübschen Prins un ehrn Kummer, dat se keen unsterbli Seel harr, nich vergeten. So sleek se sik ut Vadders Slott; un as binnen Gesang un Fiern weer, seeet se bedrippst in ehrn lütt Goorn. Miteens höör se dat Waldhoorn dörch’t Water tuten; dor dach se: »Nu seilt he dor baven, he, de mi mehr bedüden deit as Vadder un Modder, he, an den ik mit Huut un Haar hangen do un in den sien Hannen ik all mien Glück leggen will. Allens will ik opstellen, dat ik em un ’n unsterbli Seel afkrigg! Wieldes mien Süsters in Vadders Slott danzen, will ik to de Meerhex gahn, vör de ik jümmer bang weer; man se kann mi wiss helpen!«

Nu gung de lütt Meerfru ut den Goorn nah dat brusen Water, woachter de Hex tohuus weer. Dissen Weg weer se fröher noch nich gahn; dor weer keen Bloom, keen Seegras, keen Gornix. Bloots nakelt Sand geew dat hier, woneem dat Water as Möhlrööd allens dörchenanner stuuw un in de Deepde reet. Dörch disse gruliche

Wirbel muss se dörch, dat se to de Meerhex kamen kunn. Dor achter leeg ehr Huus in de Mitt vun een gediegen Holt. All Bööm un dat Buschwark weren Polypen. Halw Deert, halw Plant. Se sehn ut as Slangen mit hunnert Köpp, de ut de Eerd wussen. Alle de Twiegen weren lange swiemelige Arms mit Finger as glitschige Würms. Allens, wat se tofaat kregen, leten se nich wedder loos. De lütt Meerfru bleew gans verbiestert stahn, ehr Hart pucker as dull. Harr nich veel fehlt, un se weer ümkehrt. Man denn dach se an den Prins un an de Minschen seel – un denn harr se wedder noog Mumm.

Ehr lang flegen Haar tüder se fast üm ehrn Kopp, dat de Polypen dat nich faat kriegen kunnen; beide Hannen legg se öwer de Bost tosamen un suus as sun Fisch dörch't Water twischen de Polypen dörch.

Nu keem se nah 'n groten modderigen Plack in't Holt, woneem grote fette Waterslangen lewen un ehrn gresigen wittgelen Buuk wiesen. In de Mitt vun dissen Plack stunn een Huus, dat vun witte Minschenknaken opbuut weer. Dor seet de Meerhex un leet 'n Krööt ut ehr Snuut eten: jüst so, as de Minschen ehrn Kanari 'n Stück Zucker to eten gewen. De fetten gresigen Waterslangen nööm se ehr Küken un leet sik ehr op de Bost ringeln.

»Ik weet all, wat du wullt!« sä de Meerhex. »Dat is twors dumm vun di, man liekers, du schallst dien Willen hebben, denn he warrd di Unglück bringen, mien schöne Prinzessin. Du muchst geern dien Fischsteert loos ween un an disse Städ twee Stütten, so as de Minschen se to'n Gahn bruukt, hebben. Denn du denkst, op disse Aart warrd sik de junge Prins in di vernarrn, un du kanns sodennig em un 'n unsterbli Seel kriegen!« Un dorbi lach de Hex gans eklig, dat dorvun de Krööt un de Slang op de Eerd daalfullen.

»Du kümmst jüst to de rechte Tied«, sä de Hex, »morrn, wenn de Sünn opgeiht, kunn ik di nich mehr helpen, eher dat wedder een gansse Johr vörbi weer. Ik warr för di wat to drinken maken, wo du mit – bevör de Sünn opgeiht – nah't Fastland swümmen muttst. Dor muttst du di an'n Strand setten un drinken. Denn warrd dien Steert verswinnen un to dat schrumpen, wat de Minschen nüüdlich ›Been‹ nöömt. Awer dat warrd weh doon. Dat is, as wenn du mit sun scharpe Mess sneden warrst. All, de di gewahr warrd, warden seggen: Du weerst dat schöönste Minschenkind, wat se sehn hebbt! Dien sweven Gang schallst du beholen, keen Dänzersch kann sweven as du; man bi elkeen Stapp, de du maakst, is di tomood, as peddst du op scharpe Mess, as wull Blood sprütten. Wenn du dat allens dörmaken willst, denn warr ik di helpen!«

»Jo!« sä de lütt Meerfru mit bewern Stimm un dach an den Prins un an de Seel, de nich starwen kann.

»Man denk doran«, sä de Hex, »hest du eerst maal 'n Minschenliew, so kannst du nienich mehr 'n Meerfru warden! Du warrst nienich to dien Süsters un Vadders Slott trüchkamen. Un wenn de Prins di nich öwer allens leew hett, dat he för di Vadder un Modder vergitt, an di mit Lief un Seel hangen deit un ji Mann un Fruu warrd, so warrst du keen unsterbli Seel kriegen! An'n eersten Morrn, wenn he sik mit een anner verfreet het, warrd dien Hart tweibreken, un du warrst to Schuum op't Water.«

»Ik will't!« sä de lütt Meeerfru un worr bleek as de Dood.

»Awer du muttst mi betalen!« sä de Hex, »un dat is man nich wenig, wat ik verlangen do. Du hest de schöönste Stimm vun all hier op den Meeresgrund, dormit meenst du em wull to vertöwern. Man disse Stimm muttst du mi gewen. Dat Beste, wat du hest, will ik för mien wunnerbor Drinken hebben! Mien eegen Bloot mutt ik doringewen; anners warrd de Drunk nich scharp as een tweesniedig Sweert!«

»Man wenn du mien Stimm wegnimmst«, sä de lütt Meerfru, »wat anners blifft mi denn noch?«

»Dien schöne Liew«, sä de Hex, »dien sweven Gang un dien spreken Oogen, dor kannst du ’n Minschenhart mit vernarren. Wat nu, keen Mumm mehr? – Ruut mit dien lütte Tung, ik snie se af. Wat anners muttst du nich betolen, un denn kriggst ’n starken Drunk dorför!«

»Denn man loos!« sä de lütt Meerfru, un de Hex kreeg ’n Ketel Water op’t Füür, den Töwerdrunk to kaken.

»Reinlichkeit is ’n feine Saak!« sä se un schüer den Ketel mit de Slangen blank. Denn ritz se sik sülwen in de Bost un leet ehr swatte Bloot dor rindrüppen. Jümmers wedder wat Nües smeet de Hex in den Ketel. Un as he örnlich an’t Kaken weer, höör sik dat meist an, as weene ’n Krokodil. Opletzt weer de Drunk torecht un sehg ut as klaar Water.

»Dor hest du em!« sä de Hex un snee de Meerfru de Tung af, de nu stumm weer. Se kunn nich singen un ok nich snacken.

»Schullen de Polypen di tofaten kriegen, wenn du dörch mien Holt trüchgeihst«, sä de Hex, »so smiet man bloots een enkelten Drüppen op ehr. Dor springen ehr Arms un Finger vun in dusend Stücken!« Man dat bruuk de lütt Meerfru gor nich doon. De Polypen trucken vull Bangen retuur, as se man bloots de blinkern Drunk wies worrn, de in ehr Hand lüchten däd as ’n funkeln Steern. So keem se gau dörch dat Holt un dat brusen Water.

Se kunn Vadders Slott sehn; de Fackeln in den groten Danzsaal weren utlöscht. Se weren wiss all an’t Slapen; man se waag liekers nich, se to besöken, nu, wo se doch stumm weer un se för ümmer verlaten wull. Dat weer, as wull ehr Hart vör Truer tweigahn. Se sleek in den Goorn, kreeg sik ’n Bloom vun elkeen Beet vun ehr Süsters, smeet dusend Kussfingers nah dat Slott un steeg dörch de düsterblau See nah baven.

De Sünn weer noch nich opgahn, as se dat Slott vun den Prins to sehn kreeg un de staatsche Marmortrepp nah baven güng. De Moond schien hell un klaar. De lütt Meerfruu drunk dat scharpe Drinken un dat weer, as gung een tweesniedig Sweert dörch ehrn fienen Liew. Swiemelig un benaut leeg se as halwdoot dor. As de Sünn öwer de See opgüng, waak se op un fööhl dulle Wehdaag. Man vör ehr stunn de smucke junge Prins un keek ehr mit sien köhlswatte Ooogen an, dat se daalkieken muss. Dor kunn se sehn: ehr Fischsteert weer weg un se harr de sötesten lütten witten Been, de man bloots ’n Deern hebben kann. Man se weer gans nakelt. Sodennig wickel se sik in ehr lange Haar in. De Prins fraag, wokeen se denn weer un woans se hierher kamen weer. Un se keek em mild un liekers trist mit ehr düsterblaue Oogen an. Snacken kunn se jo nich. Bi elkeen Padd weer dat so, as pedd se op Nadels – so harr dat jo

ok de Hex seggt. Man de Wehdaag maken ehr nix ut. An de Hand vun den Prins steeg se so licht as'n Sepenblaas, un he un all wunnern sik öwer ehrn söten sweven Gang.

Smucke Kleder vun Sied un Musselin kreeg se nu antotrecken, in't Slott weer se de Schöönste vun all, man se bleef stumm un kunn nich snacken un nich singen. Staatsche Slavendeerns, mit Kleder ut Sied un Gold, kemen un sungen vör den Prins un sien Öllern; een sung schöner as de anner, un de Prins klatsch in sien Hannen un smuuster ehr to. Dor weer de lütt Meerfru bedrippst; ehr weer klaar, dat se veel schöner sungen harr. »Oh«, dach se, »he schull man weten, dat ik mien Stimm för de Ewigkeit hengewen heff.«

Nu danzen de Slavendeerns nüdlich sweven Dänz to wunnerbor Musik; dor böör de lütt Meerfru ehr schöne witte Arms, stell sik op de Teenspitzen un danz sweven öwer den Footbodden, as noch keeneen danzt harr. Ehr Oogen kunnen dorbi mehr seggen as dat Singen vun de Slavendeerns.

Se all weren meist ut de Tüüt, sünnerlich de Prins. He nööm ehr sien lütt Finnelkind. Un se danz un danz, obschoon se jümmer, wenn ehr Foot op de Eerd keem, scharpe Mess fööhl. De Prins sä, se schull vun nu af an bi em bliewen; un se kreeg de Verlööf, buten vör sien Döör op 'n Sammitkissen to slapen.

He leet för se Mannslüüdkledaaschen maken, dat se mit em utrieden kunn. Se rieden dörch dat Holt, woneem de grönen Twiegen ehr Schullern tofaat kregen un de lütten Vagels achter de frischen Bläder sungen. Se kladder mit den Prins op de hogen Barge; un twors ehr soort Fööt blöden, lach se doröwer un leet em nich ut't Oog.

Tohuus, in den Prins sien Slott, wenn in de Nacht all Lüüd slepen, gung se nah de brede Marmortrepp ruut, kööhl ehr hitte Fööt in dat koole Seewater un weer mit ehr Gedanken bi de neern in de Deepde.

Eenmaal weren ehr Süsters kamen – Arm in Arm. Se sungen trist, as se öwer't Water swummen. Se wink ehr to, un de Süsters erkennen ehr un vertellen, dat se alltohoop truri weren. Vun nu af an kreeg se jede Nacht Besöök vun ehr jüngste Süster. Un an een' Dag kunn se von wieden ok ehr Grootmodder sehn, de vele Johrn nich öwer't Water keken harr, un ok den Seekönig mit sien Kroon op'n Kopp; se recken un strecken ehr Hannen, harrn awers keen Mumm, so wiet Richtung Land to swümmen as de Süsters.

Dag för Dag wuss de Prins sien Leewde to ehr. He harr ehr so leew, as een bloots 'n godes eegen Göör leew hebben kann. Man ehr to de Königin maken, dat keem nu nich in de Tüüt. Man eenerlei un liekers: Sien Fru muss se doch warden, anners kreeg se keen unsterbli Seel un muss an Hochtiedsmorrn Schuum warden.

»Hest du mi mehr leew as all de annern?« wull de lütt Meerfru seggen, wenn he ehr in sien Arms naam un ehr schöne Steern küss.

»Jo, du büst mi de Leewste«, sä de Prins, »denn du hest dat beste Hart vun all; du büst mi good un erinnerst mi an een junge Deern, de ik maal sehn heff, man wiss nie nich mehr finnen do. Ik weer maal op een Schipp, dat to Bruch güng; de Bölgen smeten mi bi 'n Tempel an Land, woneem vele junge Deerns in Deenst weren. De jüngste funn mi an'n Strand un hett mien Lewen rett; ik kreeg ehr bloots tweemaal to sehn. Se weer de eenzigste, de ik op disse Welt vun Harten leew hebben kunn; man du glickst ehr. Wi wöllt nienich uteneen gahn!«

»Ach, he weet nich, dat ik sien Lewen rett heff!« dach de lütt Meerfru. »Ik dreeg em öwer't Meer to dat Holt hen, woneem de Tempel steiht; ik seet achter de Schuum un keek, wat keen Minschen kamen schullen. Ik kunn de hübsche Deern sehn, de he mehr as mi leew hett!« Un de Meerfru süüfz deep, wenen kunn se jo nich. »De Deern is bi de hillige Tempel in Deenst, hett he seggt, se kümmt nienich in de Welt ruut. Se ward sik nich mehr to sehn kriegen, ik bün bi em, kann em jeden Dag sehn, ik will em plegen, leew hebben, em mien Lewen oppern!«

Man nu schull de Prins sik verfreen un de Dochter vun den Nahwerkönig hebben, vertell man. Sodennig kreeg he 'n staatsche Schipp klaar maakt.

»Ik mutt op de Reis gahn!« harr de Prins to de Meerfru seggt. »Ik mutt de schöne Prinzessin sehn; mien Öllern verlangt dat vun mi; man dwingen, ehr as mien Bruut tohuus to halen, doot se mi nich. Ik kann se nich leew hebben, se glickt nich de schöne Deern in'n Tempel, de du so ähnlich sehn deist. Schull ik maal 'n Bruut hebben, so würrst du dat veel ehr, mien leew sööt Finnelkind mit de spreken Oogen!« Un he küss ehr, speel mit ehr smuck lange Haar un legg sien Kopp an ehr Hart. Dor drööm se vun Minschenglück un 'n Seel, de nich starwen kann.

»Du büst doch wull nich bang för dat Meer, du stumme Kind?« sä he, as se op dat staatsche Schipp stunnen, dat em nah dat Land vun den Nahwerkönig bringen schull. Un he vertell ehr von Storm un vun de Windstillnis, vun snaaksche Fisch in de Deepde un wat Düker dor neern to sehn kregen harrn. Dor güng en Smuustern öwer ehr Gesicht – denn se wuss jo veel beter as sünst een op den Meeresgund Bescheed.

In de moondhell Nacht, wenn all bit up den Stüermann slepen, seet se buten an Bord un stier dörch dat klare Water nah neern; un se meen, Vadders Slott to sehn. Hoog baven op't Dack stünn de ool Grootmodder mit de Silwerkrans op den Kopp un plier dörch dat brusen Water nah den Kiel vun't Schipp ropp. Dor kemen ehr Süsters öwer dat Water, keken ehr truri an un rungen ehr Hannen; se wink jüm to, grien un wull vertellen, wat good se dat doch harr un dat se heel tofreden weer. Man de Schippsjung keem ehr in de Mööt, un de Süsters dükern ünner. Dor dach he, dat Witte, wat he sehn harr, weer man bloots Schuum op de See.

Annern Morrn seil dat Schipp in den Haven vun den Nahwerkönig sien staatsche Stadt. All Karkenglocken lüden, un vun de hogen Töörn wörrn de Posaunen blasen. Suldaten mit flegen Fahnen un blinken Bajonetten stünnen akraat in een Reeg. Jeden Dag geef dat 'n nüe Fest. Man bloots de Prinzessin weer noch nich dor; se warrd wiet vun hier in en Tempel grottrucken, sään se, dor schull se lehren, wat man as Königin to doon un to laten hett. Opletzt keem se doch noch an.

De lütt Meerfru weer bannig nüscherig, ehr Schönheit to sehn. Un se muss togewen, dat se so wat Sötes noch nienich to Gesicht kregen harr. De Huut weer fien un klaar, un achter de langen dunkel Wimpern smuuster 'n Poor swattblaue tro Oogen.

»Du büst dat«, sä de Prins, »du, de mi rett hett, as ik halwdoot an'n Strand leeg!« Un he drück sien Bruut in sien Arms. »Oh, wat bün ik glücklich!« sä he to de lütt Meerfru. »Dat Beste, wat ik höpen kunn, heff ik kregen. Du warrst di öwer mien Glück freuen, denn du meenst dat jo an'n besten mit mi vun jüm all!« De lütt Meerfru küss sien Hand. Un er weer tomood, as breek ehr dat Hart. Sien Hochtiedsmorrn schull jo ehrn eegen Dood bedüden un se to Schuum op't Meer maken.

All Karkenglocken lüden, dat schull Verlobung fiert warden. Op all Altars brenn dat fienste Ööl in silwern Lampen. De Presters swungen de Rökerfatten, un Bruut un Brögam gewen sik de Hand un kregen vun den Bischopp den Segen. De lütt Meerfru stunn in Sied un Gold un hool de Sleep vun de Bruut; man ehr Ohren kunn de Festmusik nich hören, ehr Oog sehg dat hillig Doon nich; se weer mit ehr Gedanken bi ehr Dodesnacht un all dat, wat se in disse Welt verloren harr.

Densülwigen Avend noch güngen Bruut un Brögam an Bord. De Kanonen dunnern, all Fahnens weihen, un in de Mitt vun dat Schipp weer 'n smuck Telt ut Gold un Purpuur mit de weeksten Kissen, dor schull dat Bruutpoor in de stille köhlige Nacht in slapen.

As dat nu düüster worr, kreeg man de bunten Latüchten anstaken, un de Seelüdd danzen vergnöögt op't Deck. De lütt Meerfru muss an denken, woans se dat eerste Maal ut dat Meer opdükert weer un desülwige Pracht ankeken harr. Un se dreih sik mit in'n Danz, swev as 'n Swulk un vun all Sieden kreeg se Applaus; nienich harr se so schöön danzt. Dat sneed as scharpe Mess in ehr sorte Fööt, man se föö hl dat nich. Noch duller sneed dat in ehr Hart. Se wuss, dat weer de letzt Avend, dat se em sehg, – em, för den se ehr Sippschaft un ehr Tohuus verlaten, ehr schöne Stimm weggewen un dagdäglich de gröttste Pien dörmaakt harr – un he harr dorvun rein gornix mitkregen. Dat weer de letzte Nacht, dat se mit em desülwige Luft to aten kreeg, dat depe Meer un den steernklaren Himmel ankeek. Een ewig Nacht tööw op ehr, de keen Seel harr un ok keen Seel winnen kunn. Dat weer allens een Höög up't Schipp – bit veel later as nah Middernacht; se lach un danz mit Gedanken an den Dood in't Hart. De Prins küss sien smucke Bruut, un se speel mit sien swatte Haar, un Arm in Arm gungen se in dat staatsche Telt to Puuch.

Still un doot worr dat op't Schipp. Bloots de Stüermann stunn an't Ruder. De lütt Meerfru legg ehr witte Arm op de Reling un keek nah Oosten, woneem de Sünn opgahn schull. De eerst Sünnstrahl, wusst se, wull ehr dootmaken. Dor sehg se ehr Süsters ut dat Meer opstiegen; se weren bleek as se; ehr lange smucke Haar weihen nich mehr in'n Wind – se weren afsneden.

»Wi hebbt se de Hex gewen, di to helpen, dat du disse Nacht nich starwen muttst. Se hett uns een Mess gewen, hier is dat! Kannst du marken, wo scharp dat is? Eh de Sünn opgeiht, muttst du dat in den Prins sien Hart steken; un wenn du dat warm Bloot op dien Fööt sprüttst, wassen disse wedder to een Fischsteert, un du warrst wedder 'n Meerfru, kannst to uns daalstiegen un leewst dreehunnert Johr, eh dat du to soltig Meerschuum warrst. Streew di! Een vun Ju mutt starwen, he or du, eh dat de Sünn opgeiht! Uns ool Grootmodder is so trurig, dat ehr witte Haar utfullen is as ok bi uns dörch de Scheer vun de Hex. Bring den Prins üm de Kant un kumm torüch! Streew di, kannst du den roden Striepen an'n Heben sehn? Duurt man bloots noch 'n poor Minuten, denn geiht de Sünn op, un du muttst starwen!« Un een höör 'n deep Süchten, denn weren se in de Bölgen afdükert.

De lütt Meerfru truck den Purpurteppich vun't Telt torüch, un se kunn de smucke Bruut mit ehrn Kopp an de Bost vun den Prins liggen sehn. Se böög sik daal, küss em op sien schöne Steern, keek nah baven, woneem all bald dat Morrnlicht to sehn weer, keek op dat scharpe Mess un leet ehr Oogen op den Prins rohn, de in Droom sien Bruut bi ehrn Naam nööm. Bloots se alleen weer in sienen Sinn, un dat Mess bewer in ehr Hann – dor smeet se dat wiet ruut op de Bölgen; de blenkern heel rood. An de Steed, woneem dat Mess in't Water fullen weer, dor sehg dat meist ut, as wussen dor lütte Blootdrüppen in't Water. 'n letzt Maal keek se nah den Prins, fleeg vun't Schipp in't Meer daal, un ehr Liew worr to Schuum.

Nu steeg de Sünn ut dat Meer, de Strahlen fullen mild un warm op den kolen Meerschuum, un de lütt Meerfru mark nix as den Dood. Se kunn sik de klare Sünn bekieken, un baven – öwer ehr – dor sweven veel Hunnert wunnerlich Wesen, dörch de se de witten Seils vun dat Schipp un de roden Wulken vun'n Heben sehn kunn. Jüm ehr Spraak wer vull vun herrliche Melodien, man allens weer vun een anner Welt, denn keen Minsch kunn dat hören un ehr to sehn kriegen. Se harrn keen Flünken, liekers se fein flegen kunnen. De lütt Meerfru worr miteens wies, dat ok se as disse 'n Liew harr, de sik bilütten ut den Meerschuum löös.

»Wo kaam ik hen?« fraag se; un ehr Stimm klung as vun anner Wesen – gans vun een anner Welt, dat keen Musik, as wi Minschen de kennt, ehr glieken dä.

»To de Döchter vun de Luft!« gewen de annern to Antwurt. »De Meerfru hett keen unsterbli Seel, kann se nich kriegen, wenn se nich de Leewde vun 'n Minschen winnt. Vun een frömde Macht hangt ehr ewig Lewen af. De Döchter vun de Luft hebbt ok keen ewig Seel; man, wenn se goot sünd, denn köönt se sik sülben een maken. Wi fleegt nah de warmen Lannen, woneem de Luft för de Minschen veel to hitt is un wi jüm Kööhl tofächelt. Wi helpt, dat de söte Blomenduft Freid bringt. Wenn wi dreehunnert Johr streewt hebbt, allens Gode, wat wi doon köönt, tostannen to bringen, so schöllt ok wi 'n unsterbli Seel kriegen un glückli as sun Minsch ween. Du stackels lütt Meerfru hest mit dien gansse Hart leden musst; nu büst du sowiet, di sülben to'n unsterbli Seel to helpen.«

De lütt Meerfru reck ehr Arms ropp nah Gott sien Sünn, un to'n eersten Maal fööhl se Tranen in ehr Oogen. – Op't Schipp weer wedder Larm un Spektakel; se kunn sehn, dat de Prins mit sien smucke Bruut nah er söken dä. Vull Lengen keken se nah den Schuum – so as kunnen se weten, dat se sik in de Bölgen smeten harr. Keeneen kunn dat sehn; man se küss de Bruut, smustergrien ehr to un steeg mit de annern Kinner vun de Luft op de rosenroot Wulk, de as 'n Schipp dörch den Heben seil.

Dat grimmelig Aantenküken

Buten op't Land weer dat wunnerschöön. Dat weer Summer: Dat Koorn stünn güllen, de Haber weer gröön, dat Heu neern in de Wischen weer to lütte Diemen opsett, un de Stork güng op sien lange rode Been un snack ägyptisch – disse Spraak harr he bi sien Modder lehrt. Bi de Feller un Wischen ümto weren grote Hölter un deepe Seen. Jo, dat weer bannig schöön dor buten! Un dor in den Sünnschien leeg 'n oolen Gutshoff – rundüm mit deepe Watergrabens. Dor wussen vun de Muur bit nah dat Water daal grote Suurblääd – de weren so hooch, dat lütte Gören ünner de gröttsten uprecht stahn kunnen. Man dat weer dor so ruug as in dat düsterst Holt. Jüst hier seet een Aant in ehr Nest un weer dorbi, Eier uttobröden. Man se harr Langewiel, ehr dat de lütten Aanten kemen. Denn se kreeg keen Besöök; de annern Aanten swummen lewer op de Watergravens, as dat se to ehr ropplepen, mit ehr to snötern.

Na endli! Een Ei nah dat anner knack uteneen: »Piep! Piep!« sä dat, all de Eidotters weren quicklebbeni worden, un de lütten Aanten steeken ehrn Kopp ruut.

»Rapp! Rapp!« sä se, un so rappeln se all as dull un keken nah all Sieden ünner de grönen Bläder. Un de Modder leet jüm kieken so veel, as se wullen. Denn dat Gröne is good för de Oogen.

»Wat groot de Welt doch is!« sään all de Lütten, denn nu harrn se jo veel mehr Platz as vörher, wo se in't Ei liggen dään.

»Glööwt ji denn, dat is de hele Welt?« sä de Modder. »De langt noch wiet öwer de anner Kant vun den Goorn, jüst in dat Feld vun'n Paster; man dor bün ik sülben ok noch nich ween! Ji sünd doch noch all tohoop?« snöter se wieder, un sodennig stünn se op. »Ne doch, ik heff noch nich all; dat gröttste Ei liggt noch dor. Wo lang schall dat denn noch duurn?! Nu is mi dat bald to dull!« Un so sett se sik wedder hen.

»Na, wo geiht di dat?« fraag 'n oole Aant, de op Besöök kamen weer.

»Dat duurt so lang mit dat eene Ei!« sä de Aant, de dor seet; »dat will nich tweigahn; doch kiek di de annern an. Sünd se nich de nüüdlichsten lütten Aanten, de man je to Gesicht kregen hett? Se sünd gans un gor de Vadder; man de verdreihte Keerl kümmt nich to Besöök to mi!«

»Laat mi dat Ei, dat nich tweibreken will, maal sehn!« sä de Oole. »Glööw mi, dat is 'n Kallekuutei! Mi hebbt se ok maal op sun Aart för'n Narrn holen, un ik harr mien grote Noot mit de Küken, denn se sünd fix bang vör dat Water. Ik kreeg se dor gor nich rin; ik rapp un snapp, allens hulp nix. Laat mi maal dat Ei nipp un nau ankieken. – Jo, as ik dat seggt heff: dat is en Kallekuutei; laat dat liggen un bring beter dien annern Kinner dat Swömmen bi!«

»Ik will doch noch 'n lütt beet op sitten bliewen«, sä de Aant, »wo ik nu so lang op seten heff, kann ik nu ok noch 'n Tiedlang töwen.«

»As du meenst«, sä de ole Aant un truck afsteed.

Na endli. Dat Ei güng uteneen. »Piep! Piep!« sä dat Junge un kruup ruut; dat weer groot un gresig. De Aant keek sik dat an. »Dat is di doch 'n bannig grote Aantenküken«, sä se, »nüms vun de annern süht so ut; schull dat man doch 'n Kallekuutküken ween? Nu, wi wöllt dat all wies warrn; in't Water mutt dat, un wenn ik't ok 'n dullen Schupps gewen mutt!«

Den annern Dag weer dat feine Wedder. De Sünn schien op den grönen Suuramper. De Aantenmodder leep mit ehr hele Familie nah den Watergraven daal. Platsch, dor jump se in't Water. »Rapp! Rapp!« sä se, un een lütt Aant nah de anner plumps rin; dat Water slöög öwer ehrn Kopp röwer, man se kemen stracks wedder hoog un swömmen so schöön; de Been güngen as vun alleen. Se all swömmen op't Water; ok dat gresige griese Küken.

»Ne, dat is keen Kallekuut!« sä se. »Kiek, wo schöön dat de Beens bruukt, wo liek sik dat höllt, dat is mien eegen Kind. An un för sik is dat doch gans hübsch, wenn man't bekieken deit. Rapp! Rapp! – Kummt mit, ik warr ju de grote Welt wiesen, ju in'n Aantenhoff bekannt maken. Man haalt ju jümmers an mi, dat nüms op ju pedd; un wahrt ju för de Katten!«

Un sodennig kemen se nah den Aantenhoff rin. Dor binnen weer 'n gans dulle Spektakel, denn twee Familien harrn sik vertöörnt, wieldat se beid densülwigen Aalkopp tofaten harrn. An't Enn vun't Leed kreeg de Katt em.

»Kiek, so geiht dat to in disse Welt!« sä de Aantenmodder un slick sik den Snabel, denn se wull ok geern den Aalkopp hebben. »Bruukt bloots jor Beens!« sä se. »Seht to, dat ji ju rappelt un böögt juun Hals vör de ool Aant daal; se is de vörnehmste vun all hier; se hett spaanschet Blood – dat is de Grund, dat se so fett is. Un kiekt, se hett 'n roden Lappen üm ehr Been! Dat is de gröttste Utteknung för'n Aant. Dat hett to bedüden: se schall nich verschütt gahn un se schall – liekereen – bi Deerden un Minschen bekannt ween! Rappelt ju, de Fööt nich nah binnen! En goot optrucken Aant sett de Fööt wied uteneeen – jüst so as Vadder un Modder: Kiekt, so warrd dat maakt! Nu daal mit den Bosel un seggt ›Rapp‹!«

Un dat dään se. Man de annern Aanten ümto keken sik dat an un sään gans luut: »Kiek di dat an! Nu schöllt wi noch de gannse Sippschaft hebben – as wenn wi nich all lang noog weren. Igitt, wat süht dat dore lütt Aantküken bloots ut! Dat wöllt wi hier nich hebben!« Un stracks fleeg een Aant hen un beet't in de Nack.

»Laat't tofreden!« sä de Modder. »Dat deit doch keeneen wat!«

»Jo, awer dat Küken is so groot un apartig!« sä de Aant, de tobeten harr, »dor muss ik't eenfach rüffeln!«

»Dat sünd hübsche Gören«, sä de Aant mit de Lappen üm't Been. »Alltohoop sünd se schöön, bit op dat eene, dat is nich glückt; ik wull mi wünschen, man kunn dat nochmaal nü maken.«

»Dat geiht nu awers nich, mien Hoheit«, sä de Modder; »wull wahr, hübsch is dat Küken nich, man dat hett 'n gode Seel un swimmt so fein as een vun de annern, jo, ik kann seggen, noch wat beter; ik denk, dat warrd noch hübsch ranwassen un mit de Tied ok wat lütter warden. Dat hett so lang in't Ei legen un is ut dissen Grund 'n lütt beet ut de Fassong kamen!« Un so fiechel se vull Leewde dat Küken an de Nack un streek de Feddern liek. »Wat ik noch seggen wull, dat is een Erpel«, sä se, »un dorüm maakt dat ok allens nich so veel ut. Ik denk mi, he warrd örnlich Knööf kriegen un allerbest trechtkamen.«

»De annern Aantküken sünd nüüdlich«, sä de Oole. »Föölt ju ganns as tohuus, un wenn ji 'n Aalkopp finnen doot, so köönt ji em mi bringen.« –

Un so föhlen se sik as tohuus.

Man dat stackels Aantküken, dat toletzt ut dat Ei kropen weer un so gresig utsehg, worr beten, pufft un för'n Narrn holen; un twors vun de Aanten un de Höhner. »Dat is to groot«, sään se all. Un de Kallekutenhahn, de mit Spoorns to Welt kamen weer un sodennig glööw, dat he ehr Kaiser weer, puust sik gans gewaldig as sun Fahrtüüg mit Seils op, güng op dat Aantküken to Knast, un denn koller he un kreeg 'n heel roden Kopp dorbi. Dat stackels Aantküken wuss nich, woneem dat stahn un gahn schull. Dat weer bedrippst; denn't weer gresig antokieken, un de hele Aantenhoff maak sik öwer dat Küken lusti.

So weer dat an'n eersten Dag. Un laterhen wörr dat slimmer un slimmer. De lütt Aant würr vun all jaagt. Sogaar sien Süsters un Bröders weren böös op ehr un sään: »Wenn man bloots de Katt faat op di kreeg, du gresig Deert!« Un de Modder sä: »Wenn du man bloots wiet wech weerst!« De Aanten beten to, de Höhner hauten to, un ’n Deern, de dat Fudder bringen schull, pedd mit ehrn Foot nah dat arme Deert.

Dor leep un fladder de lütt Aant as dull. De lütten Vagels in dat Buschwark kemen inne Brass un fleegen op. »Dat passeert allens, wieldat ik gresig antokieken bün!« dach’ de lütt Aant un kniep de Oogen to, leep awers liekers wieder. Sodennig keem se to dat grote Moor, woneem de willen Aanten tohuus weren. Dor leeg dat Küken nu de hele Nacht, weer mööd un verbiestert.

An’n Morrn flegen de willen Aanten op un bekeken sik de nüe Kanuut. »Wat is dat för een?« fragen se, un de lütt Aant keek nah alle Sieden un sä »Dag ok« – so goot, as dat man güng.

»Du büst öwer de Maten gresig antokieken!« sään de willen Aanten. »Man uns is dat liekereen, wenn du bloots nich in uns Familie inheiraten deist!« Dat Stackel dach’nu woraftig nich an Heiraten, wenn’t man bloots in dat Reet liggen un’n lütt beet vun dat Moorwater drinken dörf.

So leeg dat Küken twee hele Daag dor. Denn kemen twee wille Göös – wenn’t ji’t nipp un nau weten wöllt: twee Ganters – dorhen. Dat weer noch gor nich lang her, dor weren de beiden ut’t Ei kropen, un sodennig weren se ok wat öwerspöönsch.

»Höör to, Fründ«, sään se, »du büst so grimmelig, dat wi di goot lieden köönt; wullt du as Vagel mit uns trecken? Gans dicht in en anner Moor gifft dat söte wille Göös, alltohoop junge Fruuns, de ›Rapp‹ seggen köönt. Du warrst dat op de Reeg kriegen, dien Glück to maken – ok wenn du gresig antokieken büst!«

»Piff! Paff!« maak dat. Un de beiden Ganters fullen doot in dat Reet – dat Water farw sik vun dat Bloot deeproot. »Piff! Paff!« weer’t to’n tweten Maal to hören;

un en Flock wille Göös fleeg ut dat Reet, un denn knall dat nochmaal. Dat weer 'n grote Jagd: De Jägers legen bi dat Reet ümto; 'n paar vun jüm seten baven op de Twiegen vun de Bööm, de wiet öwer dat Reet daalhungen. De blaue Damp vun ehr Scheetgewehrn krüsel as Wulken bit nah de düster Bööm un weer wiet öwer dat Water hen to sehn. Nu kemen ok Hunnen to dat Moor: Platsch! Platsch! – Dat Reet böög sik nah alle Sieden. Wat harr sik de lütt Aant verjaagt; se verdreih den Kopp un wull em ünner ehr Fedderkleed versteken. Un jüstemang stunn dor 'n bannig grote Hund liek bi de lütt' Aant. De Tung hung em lang ut sien Hals ruut, un de Oogen lüchten gries un gresig. Sien Snuut weer open un he wies ehr sien scharpe Teens un – platsch, platsch – truck he afsteed. He harr ehr nix andaan.

»Oh, Gottloff!« sä de lütt' Aant. »Ik bün so gresig, dat mi nichmaal de Hund bieten mag!«

So leeg se gans still. Üm ehr rüm suus dat Blei; un een Schuss nah den annern knall dörch dat Reet.

Dat weer laat an'n Dag worden, ehr dat wedder musenstill bleef. Man dat stackels Küken waag noch jümmer nich, sik to rögen. Dat tööw noch 'n paar Stunns Tied. Denn eerst keek sik dat üm un maak sik stracks op den Padd – ruut ut dat Moor, so gau, as dat man gung. Dat Küken leep öwer Feller un Wischen. Man denn frisch 'n gewaltigen Storm op; un sodennig harr de lütt Aant dat suur vörantokamen.

As dat Abend weer, keem se bi sun lütt Buernhuus an, dat weer so klapperi, dat't sülben nich so recht wuss, nah wat för'n Kant't ümkippen sull … un sodennig weer dat stahn bleven. De Storm bruus so dull, dat de lütt Aant sik daalsetten muss, üm sik to verpusten. Dor kreeg se spitz, dat de ene Döör ut de Angeln gahn weer un so scheep hung, dat man dör 'n Lock in de Stuuv rinwutschen kunn. Un dat däd se denn ok.

Hier weer ’n oole Fru tohuus mit ehr Katt un mit ehr Heen. Un de Katt, de se ›lütt Söhn‹ nöömt harr, kunn en Puckel maken un leet sogaar Funken sprütten, wenn een se gegen den Strich fiechel. Dat Heen harr gans lütte korte Been; sodennig wörr se ›Kükenkortbeen‹ nöömt. Disse Heen legg gode Eier, un de Fruu harr ehr leew as ehr egen Kind.

An’n Morrn mark een glieks de frömd lütt Aant, un de Katt fung to snurren an un de Heen to klucken.

»Wat is dat?!« sä de Fruu un seeg sik üm. Man se kunn nich goot kieken un so meen se, de lütt Aant weer ’n fette Aant, de sik verlopen harr. »Dat is di doch ’n snaakschen Fang!« sä se. »Nu kann ik Aanteneier hebben. Wenn dat man bloots keen Erpel is! Na, dat warrd wi all wies!«

Un sodennig worr de lütt Aant för dree Weken op Proov annahmen. Man Eier kemen dor nich. Un de Katt harr dat Seggen in’t Huus, un de Heen weer de Huusfru; un jümmers sään se: »Wi un de Welt!«, denn se weren de Meen’, se weren de halwe Welt – un twors dat beste Deel. De lütt Aant meen, dat man ok op ’n anner Wies de Welt verstahn kunn. Man dat kunn de Heen nu gans un gor nich tolaten.

»Kannst du Eier leggen?« fraag se.

»Ne!«

»So warrst du dien Muul holen!«

Un de Katt sä: »Kannst du 'n Puckel maken un Funken sprütten?«

»Ne!«

»So dörfst du ok keen Meen hebben, wenn vernünftige Lüüd snacken!«

De lütt Aant seet inne Eck un weer schiet topass; dor keem ehr in de Mööt, an de frische Luft un den Sünnschien to denken; se kreeg sun gediegen Jieper, op't Water to swimmen, dat se nich anners kunn, düt de Heen to vertellen.

»Wat geiht dor af mit di?!« fraag se. »Du hest nix to doon, dorüm warrst du mall in'n Kopp! Legg Eier or spinn – so warrst du wedder klaar!«

»Man dat is to un to schöön, op't Water swimmen«, sä de lütt Aant, »so wunnerbaar, dat Water öwer'n Kopp slaan laten un daal bit nah den Grund dükern!«

»Jo, dat is di 'n groot Pläseer!« sä de Heen. »Du büst wull mall! Fraag man de Katt – ik kenn keen, de so swiensplietsch as se is –, wat se dat geern hett, op't Water swimmen or ünnerdükern. Ik will gor nich vun mi snacken. Fraag sogaar uns Herrschaft, de oole Fru, klöker as sunst keeneen op de Welt! Glööwst du, dat se Lust hett to swimmen un sik dat Water öwer'n Kopp slaan laten?«

»Ji köönt mi nich verstahn!« sä de Aant.

»Wi verstaht di nich? Keen schall di denn verstahn? Du wullt doch nich klöker ween as de Katt un de Fru un gornich maal an mi sülven to denken! Nu bild di maal nix op di sülven in, mien Kind, dank den lewen Gott för allens, wat he di Godes daan hett! Büst du nich in een warme Stuuv kamen un hest hier Lüüd funnen, bi de du wat lehren kannst? Man du büst un bliffst 'n Snöterfatt;

un dat is allens anner as schöön, mit di Ümgang to hebben. Mi kanns du glöven, ik meen dat goot mit di. Ik segg di ok de Unannehmlichkeiten – un dor kannst du de wahren Frünnen an erkennen! Streew di, dat du Eier leggen or spinnen un Funken sprütten laten lehrst!«

»Mi dücht, ik gah ruut in de wiede Welt!« sä de lütt Aant.

»Jo, denn do dat!« sä de Heen.

Un so truck de lütt Aant afsteed.

Se swumm op dat Water, se düker daal; man all de anner Deerten wullen ehr nich ankieken. Se weer jüm to gresig.

Nu bleef dat Harwst. De Bläder in't Holt farwten sik geel un bruun; de Wind reet jüm af, dat se hoog in de Luft dat Danzen kregen. Dat weer kölige Luft, un de Wulken hungen vull vun Snee. Op den Tuun seet een Krei un reep »Au! Au!«, denn dat weer öwer de Maten koold. De stackels lütt Aant weer woraftig to beduurn.

Een Abend, as de Sünn schöön ünnergüng, keem dor 'n Flock wunnerbaar grote Vagels ut dat Buschwark. De lütt Aant harr so wat noch nienich to sehn kregen. Se weren sneewitt, mit 'n langen weken Hals: dat weren Swaans. Se maken sun gediegen Toon, harrn gewaltig

brede Flünken un flegen vun dat kole Rebeet nah de warmen Kanten afsteed – dorhen, wo de Seen nich tofroren weren. Se stegen höger un höger, un de lütt Aant weer gans anners tomood. Se dreih sik in't Water as 'n Brummkreisel, streek ehrn Hals hoog in de Luft rup nah de Vagels un kreeg sun gediegen luden Toon utstött, dat se sik sülben verfeer.

Oh, se kunn de schönen un glücklichen Vagels nich mehr vergeten. Un as se nich mehr to sehn weren, düker se bit nah'n Grund daal; un as se wedder nah baben keem, weer se meist ut de Tüüt. Se wuss nich de Naam vun disse Vagels un ok nich, wo se henflegen schullen. Man liekers weer se ehr so goot, as sunst nüms op de Welt. Se weer nich afgünsti; dat kunn se ok nich, denn wo keem jüst se dorto, sik sun Aart Schöönheit to wünschen. Se weer jo man tofreden, wenn de Aanten ehr in Roh leten – ehr, dat stackels grimmelig Deert!

Un de Winter bleef so koold, so koold; dat Aantküken muss as dull in dat Water swömmen, dormit dat Water nich heel un deel tofrüst. Man in de Nacht worr dat Lock, wo de Aant in swömmen däd, lütter un lütter. Se früst. Dat Iis knack. Se muss jümmerto ehr Beens bruken, dormit dat Water nich to Iis worr. Opletzt bleef se flau, leeg gans still dor un früst sodennig in dat Iis fast.

Fröh an'n Morrn keem'n Buur, de dat sehg. He gung hen un hau mit sien Holtschooh dat Iis in Stücken un bröch dat Aantküken nah Huus to sien Fru. Dor kregen se wedder Lewen in dat Küken.

De Gören wullen mit de lütt Aant spelen; man se meen, se wullen ehr an'n Liew un pedd in ehr Bang jüst in'n Melkputt rin. Dor sprütt de Melk in de Stuuv. De Fru schreeg un hau de Hannen tosamen. Wat verfeer sik nu de lütt Aant: Se fleeg in't Botterfatt un denn daal nah de Melkkann un denn wedder in de Höögde. Ne ok, wat sehg se ut!

De Fru hau mit de Füürtang nah ehr, de Gören rönnen en den annern öwern Hupen, de lütt Aant to griepen; se lachen un schreen! Wat'n Glück, dat de Döör apen stünn un se in den frischen Snee afwutschen kunn. Dor leeg se gans ut de Puust.

Man vun all de Noot un dat Elend to vertellen, wat de lütt Aant in dissen Winter lieden muss, dat weer to un to truri. Se leeg in't Moor mittenmank dat Reet, as de Sünn wedder anfung, warm to schienen. De Lerken sungen. Dat schöne Fröhjahr weer dor.

Dor kunn miteens de lütt Aant ehr Flünken swingen, se brusen duller as fröher un drägen ehr op un dorvun. Un eh se dat sülwen mark, weer se in en groten Gaarn, woneem Appelbööm blöhten, Sirenen ehr Duft utströömten un ehr lange gröne Twiegen to en krummen Kanaal daalbögen. Oh, wat weer dat fein hier un wat weer dat för'n Fröhjahrsfrische! Jüst vürn kemen ut dat Buschwark dree staatsche witte Swaans; se brusten mit ehr Feddern un swömmen licht op dat Water. De lütt Aant däd de staatschen Derten kennen, un dat worr ehr gans truri tomood.

»Ik will to ehr henflegen, hen nah de königliche Vageln; un se warden mi dootslaan, wieldat ik so gresig bün un dat waag, in ehr Neegde to kamen; man dat is liekerveel! Beter, von jüm dootmaakt, as vun de Aanten piert, vun de Höhner slaan, vun de Deern op den Höhnerhoff stöttet warden un dat to Wintertied ring hebben.«

De lütt Aant fleeg ruut op't Water un swömm dorhen, woneem de staatschen Swaans weren. Disse wurrn ehr wies un susten mit brusen Feddern op ehr loos. »Maakt mi man doot!« sä dat stackels Deert, hool sien Kopp nah nerrn un wull starwen. Man wat sehg de Aant dor in't klare Water? Se sehg ehr eegen Bild ünner sik, dat keen plumpe swattgriese Vagel weer, grimmelig un gresig, man sülwen een Swaan.

Dat kann nix schaden, op'n Aantenhoff to Welt kamen to ween, wenn man bloots in en Swaanei legen hett.

Se föhl sik bannig frooh öwer all de Noot un Pien, de se dörchmaakt harr; nu eerst weer all dat nüe Glück to sehn.

De groten Swaans swömmen in en Krink üm ehr rüm un fiechelten ehr mit de Snabel.

In den Goorn kemen 'n paar lütte Gören, de Broot un Koorn in't Water smeten. Un dat lüttste reep: »Dor is 'n Nüe!« Un de annern Gören juuchten mit: »Jo, dor is 'n Nüe ankamen!« Se klatschen in de Hannen un danzen, lepen to Vadder un Modder, un denn worr Broot un Koken in't Water smeten, un se sään all: »De Nüe is de Schöönste, so jung un so staatsch!« Un de oolen Swaans maken een Dener vör em.

Dor muss he sik wat schamen un steek sien Kopp ünner de Flünken; he wuss sülven nich, wat he maken schull. He weer seli, man nich stolt. Denn'n goot Hart warrd nienich stolt! He muss sik dorop besinnen, wodenni he in de Kniep weer un se em för'n Narrn holen; un nu muss he mit anhören, dat he de schöönste vun de schönen Vagels weer. Sogaar de Sirenen bögen ehr Twiegen to em in't Water daal, un de Sünn schien warm un moi. Dor brusen sien Feddern, de lange weeke Hals richt sik op, un he juucheit ut sien vulle Hart: »Vun so veel Glück kunn ik nich drömen, as ik noch de grimmelig lütt Aant weer!«